逆　転

小杉健治

集英社文庫

目次

第一章　身代わり　7
第二章　山中節　82
第三章　行き詰まり　158
第四章　山中温泉　224
解　説　小梛治宣　296

逆転

第一章　身代わり

1

四月十一日。

弁護士の鶴見京介《つるみきようすけ》は東京地裁の小会議室で行なわれた第一回の公判前整理手続を終えて虎ノ門の柏田四郎《かしわだしろう》法律事務所に戻った。

公判前整理手続とは、裁判官、検察官、弁護人で話し合いをし、裁判が迅速に進められるように事前に争点や証拠の整理などを行なうことである。

地裁から戻った京介は、執務室に閉じこもって裁判資料を調べていた。

地裁を出たとき、雨雲が張り出していて、外はすでに夕闇に包まれたように暗かった。明かりを点《つ》けた執務室で、京介は資料を何度も読み返した。

一月三十日、北区東十条にあるマンションの一室で、三十代半ばと思われる女性が刃物で胸と腹部を刺されて殺され、傍らに石出淳二《いしでじゆんじ》が呆然《ぼうぜん》と立っているのを、管理人が見つけた。

管理人は、女のひとの悲鳴を聞いたという知らせを受けて、この部屋の様子を見にきたのだ。

被告石出淳二は四十三歳。寡黙な男だ。憂いがちの目は涼しいが、寂しそうな顔だちだ。いつも口を固く結んでいるせいか、何かにじっと耐えている、そんな雰囲気が漂っている。

京介は石出淳二の弁護人になる数カ月前から石出を知っていた。

石出は去年の十一月初め、府中刑務所を出所した。殺人で懲役十三年の刑を終えた石出を府中まで迎えに行ったのは、石出の弁護を担当した柏田四郎だった。

京介は東京の大学の法学部に入って四年のときに司法試験に合格し、大学を卒業後、二年間の司法研修生の生活を経て、この柏田四郎法律事務所で居候《いそうろう》弁護士になった。

去年の十一月十日。柏田は府中から出所した石出を虎ノ門の事務所に連れてきた。

「鶴見くん。紹介しよう。石出淳二さんだ」

柏田はすぐに鶴見を自分の執務室に呼び、石出と引き合わせたが、これには大きな意味があることを京介はのちに知ることとなる。

「鶴見です」

京介は挨拶をした。

三十を過ぎても、まだ学生っぽい青臭さを残しているが、いくつもの難しい事件に向き合い、それなりの経験を重ねてきた京介には自信から来る風格のようなものが漂いはじめている。

「石出です」

石出は聞き取りにくいほどの小さな声で名乗った。

「君も座らないか」

柏田に勧められ、京介もテーブルをはさんで石出と向かい合った。

事務員がコーヒーを淹《い》れて持ってきた。

石出は目の前に置かれたコーヒーカップにじっと目を注いでいた。事務員が去ってから、柏田がきいた。

「コーヒーはだめか」

「いえ。久し振りなので」

石出はぽつりと言い、砂糖とミルクを入れた。

「おいしい」

石出はコーヒーを味わうように飲んだ。石出にはこれも社会復帰のひとつなのだ。

「今後のことだが」

柏田が切り出す。

「私が預かっていた君の預金はそのまま残っている。家を売った金も合わせればそこそこはある。部屋も幾つか見つくろった。君が気に入った場所を選ぶがいい。お祖母《ばあ》さんが遺してくれた財産だ。大事に使って下さい。とりあえず、今夜はビジネスホテルに部屋をとってあるから」

「すみません」

石出は頭を下げた。

服役中に、石出の祖母清子《きよこ》は亡くなっている。

「仕事だが、中《なか》では木工の作業をしていたというので、木工所に声をかけてみた。北区赤羽にある木工所で雇ってくれそうだ」

「ありがとうございます」

「明日にでも訪ねてみよう」

「その前に……」

石出が口籠もりながら、

「ちょっと用事があるんです」

「用事？」

「はい……」

「どんな用事なんだね」

「用事というより休養です。府中の垢《あか》を温泉に浸《つ》かって落としてきたいのです」

「そうか、温泉か。それもいいかもしれないな」

柏田は賛成し、

「どこか当てがあるのか。近場なら熱海《あたみ》か箱根《はこね》か。鶴見くん。予約をしてやってくれないか」

と、京介に顔を向けた。

「わかりました。どちらにしましょうか」

「箱根なら知っている宿があるが」

柏田が言うと、

「いえ」

と、石出は首を横に振った。

「じつは、山中《やまなか》温泉に行ってこようと思っています」

「山中温泉？」

「はい。中《なか》で親しくしていた男が山中の出身で、よく山中温泉の話を聞かされました。その男が山中に帰っているので、ついでに顔を出してこようかと思っているんです」

「そうか。山中温泉か。こおろぎ橋だな」

柏田が言ったとき、石出がはっとした表情をした。しかし、それも一瞬だった。

「で、宿はどこか決めているのか」

柏田は目を細めて言う。

「その男が『山中荘』を勧めてくれました。そこに数日滞在しようと思っています。すみません。私の銀行の通帳を……」


雨が降りだしたようだ。窓ガラスに雨粒が激しく打ちつけてくる。それも気にならないほど、京介は裁判資料を読み進める。

石出がなぜ、出所した三カ月後に、再び警察に逮捕されることになったのか。せっかく、柏田が紹介した木工所で働きだしたというのに……。

その後、柏田が知り合いの検事を介して府中刑務所に問い合わせたところ、石出と同房だった受刑者に山中出身の男はいないとはっきりわかった。石出が山中温泉に行ったことに、柏田は不審を持っていたようだ。

柏田は、なぜ、京介を石出に引き合わせたのか。後に柏田は、石出が無実の罪で服役した可能性があると考えていると話してくれた。

すなわち石出が川島真人《かわしままさと》を殺し、その死体を荒川河川敷に遺棄した容疑で逮捕、起訴された十三年前の事件で、石出は死体遺棄を手伝っただけで殺人は犯していないと、柏田は信じているようだった。

だが、裁判で、石出は殺人と死体遺棄を認めた。柏田がどんなに石出の無実を主張しようと、本人が自白しており、裁判の結果は自明の理だった。

なぜ、石出はやってもいない殺人の罪を認めたのか。石出は沈黙を守り通し、真相は不明のまま、十三年が過ぎたのだ。


石出が事務所にやって来た翌十一日、夕方になって京介は柏田に執務室に呼ばれた。

「そこに、座りたまえ」

柏田は執務机の椅子に座ったまま言う。

「はい」

パイプ椅子を開いて、京介は机の前に腰を下ろした。

「君は歌舞伎が好きだそうだが、能はどうなんだ？」

いきなりそんな話をしだした。

「観《み》たいと思っているのですが」

戸惑いながら、答える。

「明日、明後日の予定は？」

「いえ、何もありませんが」

京介は土日に何の予定も入っていないことに忸怩《じくじ》たる思いで答えた。恋人はまだいない。

「能楽には興味ないか」

「いえ、一度見てみたいと思ってます」

「じつは、私の学生時代の友人が能楽師になっていてね。明後日の日曜日、公演があるんだ。私は用があっていけない。代わりに行ってもらえると助かるのだが」

「ぜひ、行かせてください。いい機会です」

京介はその気になって、

「場所はどこですか」

東京にはいくつも能楽堂がある。千駄ヶ谷の国立能楽堂や水道橋にある能楽堂などを脳裏に過《よぎ》らせていると、柏田が言った。

「金沢だ」

「金沢？　石川県のですか」

「そうだ。県立能楽堂だ」

「金沢まで能を観に？」

「どうだ、行ってくれるか」

北陸新幹線が開通し、東京から金沢まで『かがやき』で約二時間半。十分に日帰りが可能だ。

「はい」

京介が返事をすると、

「ついでだ。前の日は山中温泉に泊まったらどうだ？」

と、柏田が言った。

「山中温泉は私はまだ行ったことはないが、かねてから行きたいと思っていたところだ。こおろぎ橋に憧れがあってね」

「こおろぎ橋ってなんですか」

「山中温泉にある有名な橋だ。といっても、私は行ったことはない。じつは、『山中しぐれ』という小唄がある。何年か前に、本会で唄ったことがあって、その小唄の中に民謡の山中節もアンコ（挿入歌）で入っている。そこにこおろぎ橋が出てくるんだ。それ以来、山中温泉とこおろぎ橋という言葉が忘れられなくてね」

柏田は山中温泉への思いを語った。

「行きたいと思いつつ、ずっと行けないでいた。いや、自分が勝手に描いたこおろぎ橋のイメージと実物が食い違っていたらと考えて二の足を踏んでいるんだ。私に代わって見てきてくれないか」

柏田の狙いがそれだけではないことは、石出が山中温泉に行くと言っていたことでも想像出来た。京介に、石出のあとを追わせたのだ。

執務室の扉がノックされて開いた。

事務員が顔を出し、

「お先に失礼しますけど、何か御用はありますか」

「いえ、ありません。あっ、きょうは柏田先生は？」

「出先からそのままお帰りのようです。牧原《まきはら》先生はまだ残っていらっしゃいます」

柏田の知り合いの娘で、最近京介と同じように居候弁護士になった牧原蘭子《らんこ》のことだ。

「わかりました。お疲れさま」

京介は声をかけ、再び、事件に思いを馳《は》せた。

石出は山中温泉で誰かを訪ねるのではないか。

石出は誰かを庇《かば》っている。その人間が川島真人を殺し、死体の処分を石出に手伝わせた。柏田はそう考えていた。

川島真人は当時二十八歳で、『八巻《やまき》運輸』という宅配便のドライバーをしていた。受持ちは荒川区で、南千住《みなみせんじゅ》にある石出の自宅にもよく荷物を届けていた。

その頃、石出は上野にある食品メーカーで営業の仕事をしていた。当時の事件資料を読むと、石出は要介護４の祖母とふたり暮らしだった。

昼間は、祖母の介護にホームヘルパーがやってきた。夜は石出が面倒をみるという暮らしの最中、十三年前の二月十五日。

仕事先から昼過ぎに家に帰った石出は部屋を物色している男を見つけた。その場で争いになり、石出はその男、川島を台所にあった包丁で刺して殺した。死体をブルーシートにくるんで押入れに隠し、いったん会社に戻り、その夜、死体を荒川の河川敷に捨てに行った。

そこで生活しているホームレスが死体を発見し、事件が発覚した。死体発見から一カ月後、石出が逮捕された。

石出の弁護を引き受けた柏田は殺人の動機に疑問を持ったという。川島が空《あ》き巣《す》を働いたということも納得がいかなかった。川島は配送の仕事でそこそこの収入を得ていて、金には困っていなかったのだ。

そのことを追及しても、石出は答えようとしなかった。

出所した石出は自分が身代わりになった相手に会いに行くに違いない。柏田はそう思ったのだ。

石出が山中温泉に向かった翌日の十一月十二日、京介も東京を出発した。

北陸新幹線『かがやき』で金沢まで約二時間半。そこから特急に乗り換え、約三十分で加賀《かが》温泉駅に着いた。

この駅は加賀温泉郷の片山津《かたやまづ》、山代《やましろ》、粟津《あわづ》、山中温泉への玄関口で、それぞれの温泉地の旅館への送迎バスが電車でやって来た予約客を乗せていく。

京介は山中温泉『山中荘』の送迎バスに乗った。石出と同じ旅館に泊まることは躊《ちゅう》躇《ちょ》したが、ひとり客を受け入れてくれるところだと知ってそこにした。石出に見つかったら見つかったときのことだと開き直った。

バスは二十分ほどで山中の町中に入り、『山中荘』に着いた。まだ四時過ぎで、明るかった。

チェックインを済ませ、仲居に四階の部屋に案内される間も、廊下やエレベーターで石出にばったり会わないかと心配したが何ごともなく、部屋に案内された。

部屋の中で、ひと通りの説明を受けたあと、

「山中座は遠いのですか」

と、京介はきく。

「歩いて十分ぐらいです」

時間が早いので、京介は町を散策しようと思った。

石出が身代わりになった相手に会いに行ったと思うのは柏田の考えである。またその相手を知りたいというのも柏田だけの思いで、たとえ見つかったとしても、そのことで

新しい何かが発見出来る確証はない。

この際、石出とまともに顔を合わせてみようと思った。

「すみません。じつは私の知り合いの石出淳二という者が昨日から泊まっていると思うのですが、どこの部屋か調べていただけませんか」

京介は頼んだ。

「わかりました。あとでお知らせします」

京介は荷物を置いて、部屋を出た。

フロントの前を通ると、さっきの仲居が京介に気づき、近づいてきた。

「石出淳二というお方ですが、泊まっていらっしゃらないようです」

「泊まってない？」

瞬間、偽名を使っているのかと思った。

「ひとり客の男性なんですが」

「ひとり客は他にいらっしゃいません」

「いない？」

そんなはずはないと思ったが、すぐ気がついた。誰かといっしょなのだろう。やはり、この地で誰かと落ち合ったのだ。

それなら、夕食会場で相手を見ることが出来るかもしれない。思いなおして、京介は散策に出かけた。

まず山中座に向かう。温泉街には洒落《しやれ》た店がならんでいる。

ほどなくして山中座に着き、ロビーに入ると山中節が流れていた。

元禄の頃から唄われたものが、百年前にお座敷唄として世に広まり、『正調山中節』が確立したとある。

この奥に劇場があり、山中節の公演が行なわれるらしい。

そこを出て、宿方向に戻りながら、京介はこおろぎ橋に向かった。

柏田が言っていた小唄の『山中しぐれ』を、パソコンのユーチューブで検索して聴いてみた。

湯けむりの　かじか鳴く道　山中道は
夢もはるかな想い出小道
こおろぎ橋の欄干は　今も変わらぬ湯のかおり
（ハァ　一夜逢《あ》えても　二夜と逢えぬ
旅のお方は罪ぶかや）
いで湯の町の唄聞けば
誰かが泣いているような

小唄を聴いたことのない京介でも、情感がこもった唄に引き込まれたが、小唄の会でこの唄を唄った柏田なら、思い入れはかなりのものだろうと察せられた。

アンコで入る山中節も哀調がある。山中座でも山中節が流れ、かなりの数の歌詞がパネルで紹介されていたが、その中に、小唄にある歌詞はなかった。

坂道を下っていくと、川が流れていて、やがて総檜造《そうひのきづく》りの橋に出た。周辺は緑に覆われ、趣《おもむき》のある橋だ。

観光客が多く、写真を撮ったり、欄干から下の川を覗《のぞ》いたりしている。京介は橋を渡りかけて、あわてて他の観光客の体の陰に身を隠した。

橋を渡り切ったところに、石出を見つけたのだ。セーターの上にブレザーを着ている。ひとりだ。橋の景観を楽しんでいるふうではない。

誰かを待っている。そんな感じだった。

2

ノックとともに、執務室の扉が開いた。

「鶴見さん。何時ごろまでいらっしゃるの？」

黒縁の眼鏡《めがね》をかけた牧原蘭子が顔を覗かせた。グレイのスーツで地味に装っているが、眼鏡を外し、ひっつめた髪をとくと華やかな、まったく別人になる。

「調べ物に時間がかかりそうなので、遅くなりそうです」

京介は顔を上げて言う。

「じゃあ、夕飯は？」

「今はまだ。もう少しあとで」

「じゃあ、何か買ってきましょうか。私はハンバーガーでも買ってこようと思って」

「お願いしようかな。ハンバーガーとコーヒーを」

「わかりました」

「あっ、お金」

「あとで、いただくわ」

蘭子は出ていった。

京介は再び石出の行動に思いを馳せた。

こおろぎ橋で誰かを待っている様子の石出を陰から見守ったが、三十分以上経《た》っても待ち人は現われなかった。

京介が思い切って声をかけようとしたとき、タクシーが観光客を押し退《の》けるようにやって来て、石出の前で停《と》まった。

石出はタクシーに乗り込んだ。事前に予約をしていたのだろう。タクシーは京介の目の前を横切って、加賀温泉駅の方角へ走り去った。石出はやはり、『山中荘』に宿泊していなかったのだろうか。

山中温泉の別の旅館に泊まっていたなら、送迎バスがある。タクシーに乗る必要はないはずだ。

ゆうべ、石出がどこに泊まったのか、誰を待っていたのか、目的が果たせたのか、わからなかった。

こおろぎ橋でひとり佇《たたず》んでいた表情を見れば、目的が果たせたとは思えない。

もっとも、誰かと会うのではないかと言ったのは柏田で、石出は温泉に浸かってゆっくりしたいと言っただけだ。山中温泉を選んだ理由に、刑務所で知り合った男の実家があることを口にした。

いずれにしろ、石出は嘘《うそ》をついていた。その点では、柏田の読みは正しかったが、誰と会ったかはわからなかった。

柏田の依頼を果たせなかったことに負い目を感じるが、石出も目的を果たせなかった様子だ。十分に言い訳は立つ。

その夜はゆっくり温泉に浸かった。もう石出のことは頭になかった。

だが、翌日、思わぬところで、石出を目撃したのだ。

京介は旅館の送迎バスで加賀温泉駅に出て、金沢に向かった。能楽堂の開演は午後一時なので少し時間があり、京介は駅前からバスに乗った。橋場町《はしばちょう》で下り、ひがし茶屋街に行った。

格子の家並みが両側に続く石畳の通りは、午前中から観光客がそぞろ歩き、外国人も多い。

その中に、石出の姿を見つけたのだ。見間違いかと思うほどの偶然を喜んだのも束《つか》の間《ま》、ひとをかきわけてあとを追って茶屋街の端まで来たところで、石出を見失った。内部を見学出来る茶屋に入ったのか、それともカフェにでも入ったか。京介はカフェを覗いて回った。和雑貨の店には入らないだろうと思ったが、念のために覗いた。

どこにもいなかった。ひょっとして、お茶屋の見学だろうか。観光客が出入りしている『志摩《しま》』というお茶屋の戸口に立った。

文政三年（一八二〇）に建てられたお茶屋が、そのまま保存され、国指定重要文化財になっている。

旦那衆が芸妓《げいぎ》を呼んで遊んだところだ。しばらく立っていたが、石出が出てくる気配はなかった。

そのとき、あっと思った。石出は京介に気づいて逃げたのだと。能楽堂の開演時間が迫り、京介は心を残しながらひがし茶屋街をあとにした。

ノックの音に、京介は我に返った。

蘭子が紙袋を持って入ってきた。

「はい。どうぞ」

「ありがとう」

京介が金を払おうとすると、

「いいわ」

と、蘭子が言う。

「そうはいかないよ」

「その代わり、今度、お食事に誘って」

「食事？　ああ、いいですよ」

「うれしい。きっとですよ」

蘭子は無邪気に喜んだ。

蘭子が出ていってから、京介は石出が金沢のひがし茶屋街で何をしていたのかを考えた。山中温泉に誰かを訪ねたのは間違いない。

こおろぎ橋で誰かを待っていたのだ。だが、相手は来なかった。次に、ひがし茶屋街に行ったのは、改めてその相手とそこで会うことになっていたのか。

十三年前の事件で柏田が石出は無罪だと思う最大の理由は、動機の薄弱さだ。

仕事先から昼過ぎに家に帰った石出は部屋を物色している男を見つけた。男と揉《も》み合いになった石出は台所にあった包丁で男を刺して殺した。死体をブルーシートにくるんで押入れに隠し、いったん会社に戻り、その夜、死体を荒川の河川敷に捨てた。

石出は争っている部屋から少し離れた台所まで包丁を取りにいっている。物取りに入った川島はなぜその間に逃げ出さなかったのか。まず、逃げることを考えるはずではないのか。

それより、石出はなぜ包丁を取りにいったのか。なぜ、警察に通報せず、殺してしまったのか。

柏田はそのことに疑問を持っていた。だが、石出は揉み合いになって殴られて、かっとなって包丁を取りにいったと供述した。

警察・検察はこのことに何の疑念もはさまなかったようだ。

警察は捜査の末に石出に辿《たど》り着いた。その時点で、石出の過去への先入観から冷静な判断が出来なくなっていたのだと、柏田は指摘した。

京介は当時の事件資料から、警察の一連の動きを追ってみた。

十三年前の三月十八日、荒川河川敷でホームレスがブルーシートに包まれた死体を発見し、犬の散歩にやってきた主婦に知らせ、その主婦が携帯で警察に通報した。

荒川中央署所轄刑事課強行犯の捜査員とともに到着した鑑識員が死体を調べている間に、機動捜査隊や警視庁捜査一課強行犯捜査係の捜査員がやってきて、初動捜査がはじまった。

死体は二十代から三十代の男性。右肩に切り傷が一カ所あり、腹部に一カ所の刺し傷があった。腹部の傷が致命傷となった。

死体の腐乱の状態から死後約一カ月と思われた。殺人・死体遺棄事件として所轄署に捜査本部が設置された。

財布や携帯などはなく、身許《みもと》を特定するものは何もなかったが、身許はすぐに判明した。

『八巻運輸』という会社から宅配便のドライバー川島真人二十八歳が、二月十五日から行方不明になっているという捜索願いが出ていた。

二月十五日、川島は勤務が休みだった。翌日、川島は無断欠勤した。携帯に連絡したが、つながらなかった。次の日も出勤しないので、同僚が浦和にあるアパートに行ってみた。

いくら呼んでも出てこないので、同僚は心配になって管理人に相談した。管理人はマスターキーで川島の部屋の鍵を開けた。川島はいなかった。二、三日帰っていない様子だった。

会社は川島の宮崎の実家に連絡したが、帰っていないという。同僚も心当たりを探したが、手掛かりは摑《つか》めず、翌日まで待って警察に届け出た。所轄の警察官が川島の部屋を調べたが、特に変わったところはなく、事件性は見出《みいだ》せなかった。

警察に届けが出ていたため、荒川河川敷の死体は川島直人とすぐに結びついた。一方、捜査本部は目撃者探しと同時にブルーシートを購入した販売店を調べた。死体遺棄から一カ月以上経っていて、その間に何度か雨が降り、現場周辺に犯人の痕跡を見出すのは困難だった。

死体を車で運んだと思われるが、車の轍《わだち》も残っていなかった。

だが、捜査員の地道な捜査が実を結ぶときがきた。ついに、二月十五日の深夜、土手に向かう車を見ていた人間が見つかった。

河川敷に車でやって来ていた男女で、ふたりは河川敷から土手に上がってくる車とすれ違った。運転している人間の顔は見えず、車のナンバーも覚えていなかったが、「わ」ナンバーだったことは記憶していた。

ふたりは捜査員の聞き込みを受け、はじめて思いだしたのだ。

この証言から都内のレンタカー会社に問い合わせ、二月十五日あるいは前日に車を借りた人間を洗い出し、ひとりずつ会って調べていった。

この中に、石出淳二がいたのだ。

石出は十五日の夜七時に、日本橋本町にあるレンタカー会社で車を借りていた。

石出が借りた車はその後何度も洗車されており、荒川河川敷を走った痕跡は見つけ出せなかった。だが、トランクに微《かす》かにブルーシートの繊維が残っていた。死体を出し入れするとき、引っ掛けたものだろう。

石出と川島の関係がわからなかった。ふたりに接点はなかった。だが、宅配便のドライバーである川島直人の受持ちは荒川区で、石出の自宅にもよく荷物を配達していたことがわかった。

荷物の受け取りで、ふたりは面識があった。そこに何らかのトラブルが発生したのであろうと思われた。

二月十五日の石出の勤務状況を調べると、午後二時から二時間ほど会社を出ていることがわかった。上司には急に腹痛を起こしたので医者に行くと断って、職場をはなれたという。

そして、午後一時ごろに、石出の家を訪れた男がいたことを、隣家の人間が見ていた。

石出の家には要介護4の祖母がいた。川島は祖母とふたりで石出が戻ってくるのを待っていたのだと、捜査員は考えた。

何のための訪問か、想像はつかなかったが、そこで何らかのトラブルがあった。それが捜査員の見方だった。

捜査本部は石出を任意で取り調べた。

柏田は裁判で証人として出廷した捜査員の証言から、任意の取調べから逮捕に至るまでの過程を構築した。

所轄署の取調室で、捜査員は石出に訊《たず》ねた。

「川島真人を知っていますか」

「知りません」

「荷物を配達してもらっているのではないですか」

「配達員の顔まで覚えていません」

「二月十五日。君は午後二時ごろ、会社を出ている。上司には腹痛で医者に行くと言っている。どこの医者に行ったのですか」

「行きませんでした」

「行かない？　なぜ、行かなかったのですか」

「途中で痛みが引いたので……」

「しかし、会社に戻ってきたのは午後四時だ。二時間もどこで何をしていたのです？」

「上野公園で休んでいました」

「休んでいた？　寒いのにですか」

「あの日は陽射《ひざ》しがあって寒さを感じませんでした」

「そこで、誰かと会いましたか」

「いえ」

「上野公園にいたことを証明することは出来ますか」

「いえ」

「南千住の家に帰ったのではないですか」

「違います」

「午後七時に、日本橋本町にあるレンタカー会社で車を借りているが、何のために借りたのですか」

「気晴らしにドライブをしようと思ったんです」

「ひとりで？」

「はい」

「ときどき、そういうことをしているのですか」

「いえ」

「はじめて？」

「はい」

「なぜ、そんな気になったのです？」

「祖母の介護疲れです」

「いったん、車で家に帰っていますね」

「祖母の様子を見るためです」

「帰ったとき、お祖母さんは何をしていましたか」

「ベッドで寝ていました」

「それで、夜のドライブに出かけたのですね」

「そうです」

「どこに行ったのですか」

「ただ、当てもなく走り回っていただけです」

「日光街道は走った？」

「はい。草加《そうか》、越谷《こしがや》のほうに行きました」

「帰ったのは？」

「夜中です。午前一時ごろです」

「それで次の日は午前八時には車を返しているようですが？」

「はい。会社に行く前に返すつもりでした」

「ずいぶん早く起きなければならなかったですね」

「朝早いのは苦にはなりません」

「お祖母さんは要介護4だそうですね。昼間はホームヘルパーが来ているようですが？」

「お昼と夕方に来てもらっています。十一時ごろから一時ごろまで。夕方は四時から六時ごろまでです」

「それ以外の時間、ひとりでだいじょうぶなのですか」

「ずっといてもらいたいのですが、費用もかかりますから」

「一時ごろ、川島真人さんが君の家の前をうろついていたのを、近所のひとが見ていた。川島真人さんは君の家を訪問したのではないですか」

「いえ。来るはずはありません」

「なぜ、そう言えるのですか」

「私は川島というひととはまったく縁がありませんから」

「配達のことでトラブルがあったのではないですか」

「ありません」

「君は会社を抜け出し、自宅に戻ったのではないか。そこで、川島真人さんと言い合いになった……」

「ホームヘルパーの槙野寿美子《まきのすみこ》さんは、当日、いつものように一時過ぎに帰ったそうです。だから、家の中は川島真人さんと君と介護の必要なお祖母さんの三人だけ。そこで、何かあったのだ」

「違います」

石出は否定し続けた。情況証拠は極めて石出に不利だったが、決定的な証拠に欠けていて、捜査本部は逮捕に踏み切れなかった。

だが、捜査員は石出に迫った。

「家の中を調べさせていただけませんか」

「なぜですか」

「疑いを晴らすためにも」

「困ります。家には介護が必要な祖母がいるのです。家の中を荒らされたら困ります」

「しかし、疑いを晴らす意味でもお願い出来ませんか」

「いえ、お断りします」

石出は頑なに拒否した。

そこで、捜査本部は裁判所から「捜索差押許可状」をとり、石出の立ち合いのもと、家宅捜査をした。

「違います」

雨は激しく窓ガラスを打ちつけていた。

空腹を覚え、京介はハンバーガーを手にした。その瞬間、蘭子の言葉が蘇《よみがえ》った。

「今度、お食事に誘って。うれしい。きっとですよ」

蘭子は二十四歳。仕事のときはわざと地味めにしているが、素顔は京介がどぎまぎするほどの美人だった。

まだ、蘭子とふたりきりで食事に行ったことはない。考えただけで心が浮き立つが。あんなに無邪気に食事に行こうと誘うのは、京介のことを男として意識していないからなのか。ため息をついて、思いを石出に戻した。

家宅捜索の結果、祖母の寝ている隣の部屋の畳からルミノール反応が出て、さらに押入れからも血痕らしきものが見つかった。そして、決定的だったのは押入れの天井裏からタオルに包まれた包丁が見つかり、刃に拭き取った形跡があったが、やはりルミノール反応が出た。その血は川島のDNAと一致した。

こうして、捜査本部は事件のストーリーを組み立てた。

何らかの事情から、川島が自宅に来ることになった。そこで、石出は会社を抜け出し、自宅に帰った。

話し合いの最中に言い合いになり、かっとなった石出は台所から包丁を持ち出し、川島に襲いかかった。

川島を殺したあと、死体を家にあったブルーシートで包んで縄をかけ、押入れに隠した。その後、何食わぬ顔で会社に戻り、退社後、わざと少し離れた日本橋本町のレンタカー会社で車を借り、死体を荒川河川敷に捨てに行った。

警察は最後まで石出と川島との関係がわからなかった。ふたりに交遊関係があるという証拠も出てこなかった。

だが、もはや石出が川島を殺したことは間違いないとして逮捕に踏み切ったのだ。

ハンバーガーを半分ほど食べて、コーヒーに手を伸ばした。コーヒーはすっかり冷めていた。

まだ、蘭子は仕事をしているのだろうか。蘭子は、柏田の知り合いの娘だ。その蘭子を預かったのは、ある意味、柏田が親代わりということだろう。

自分と蘭子が親しくなるのを、柏田はどう思うだろうか。そんなことを考えたが、蘭子はただ京介のことを事務所の先輩か、あるいは兄のように思っているだけかもしれない。

京介は迷いを振り払うように、事件に思いを向けた。

石出は逮捕されるや、あっさり罪を認めた。川島との接点を、川島が空き巣に入ったのだと話したのだ。

石出は供述調書でこう述べている。

「朝から祖母が具合悪そうだったので、ホームヘルパーの槙野さんが帰ったあとの時間に、祖母の様子を見るつもりで家に帰りました。すると、家の中で箪笥《たんす》を物色している男がいました。誰だと声をかけると、いきなり男が私に飛び掛かってきたのです。私も反撃し男と揉み合いになりました。しかし、男は力が強く、殴られて私は劣勢に立たされました。私はかっとなって無我夢中で台所まで逃げて包丁を摑んだのです……」

捜査本部は石出の供述に疑いをはさまなかった。すべて情況証拠と符合するからだ。だが、柏田だけは石出の供述に疑問を持った。

ノックの音とともに扉が開いた。

「まだ、お帰りにならないんですか」

帰り支度の蘭子がきく。

「ええ、もう少し」

壁の時計に目をやり、京介は答えた。九時になるところだった。

「あまり無理しないでください。では」

「激しい雨だから気をつけて」

京介は声をかける。

蘭子が出ていった。なんだか急に寂しくなった。

しばらく、蘭子の残り香を味わうようにぼんやりとしていたが、京介は再び事件の続きを考えた。

3

起訴された石出淳二の国選弁護人が柏田だった。

柏田は石出の供述を疑った。たまたま会社を抜け出して家に帰ったら、川島が盗み目的で侵入していた。まず、その偶然に疑問を持ったようだ。

空き巣なら誰かが帰ってきたら、あわてて逃げ出すのではないか。帰ってきたのにも気づかず、川島が室内を物色し続けることを不自然と見たのだ。

ほとんど寝たきりとはいえ、家には石出の祖母がいた。その祖母の存在は空き巣狙いにとってはかなりのプレッシャーではなかったか。

ただ、ホームヘルパーの槙野寿美子の話では、祖母の清子は視力も弱く、耳も遠いので、空き巣が入っても気づかなかった可能性が高いという。

いくら柏田が疑惑を抱こうが、石出は罪を認めている。誰かを庇っているのではないかと思ったが、誰を庇っているのかわからない。

祖母の清子とホームヘルパーの槙野寿美子以外に、第三の人間がいたのかどうか。しかし、それもわからなかった。

金沢から帰った翌日の十一月十四日月曜日、京介は事務所で柏田に報告した。

「石出さんは、自分が言っていた『山中荘』には泊まっていませんでした」

「泊まれなかったのかな」

「泊まらなかったのだと思います。静養という目的では最初からなかったようです」

「嘘だったのか」

柏田は複雑な表情をした。

「そうだと思います。ただ、山中温泉には行っていました。こおろぎ橋で誰かを待っている姿を見ました。でも、誰もやって来ませんでした」

京介はそのときの様子を語った。

「誰かと約束をしていたのは間違いないようだな」

「はい」

「そうか。来なかったか」

柏田はもう一度落胆したように呟《つぶや》く。

「次の日の午前中、金沢のひがし茶屋街で石出さんを見かけました。でも、私に気づいたらしく、姿を消してしまいました」

「ひがし茶屋街か」

柏田は首を傾《かし》げた。

「先生は、石出さんが誰に会いに山中温泉に行くと思ったのですか」

京介はきいた。

「槙野寿美子だ」

「槙野寿美子っていうと、ホームヘルパーの？」

「そうだ」

「先生は槙野寿美子が気になっていたのですか」

寿美子は当時二十四歳で、色白の美しい顔立ちの女性だったらしい。

「寿美子と川島がかねてから知り合いだったかどうかはわからない。だが、川島が宅配便のドライバーとして石出の家に荷物を届けることもあったろう。そのとき、寿美子がいれば荷物を受け取ったはずだ」

川島と寿美子のつながりは十分に考えられる。ふたりの間で、何かがあったのか。あるいは、そのふたりに石出が絡んで三人に何かが起きた……。

柏田はそう考えた。

事件後、清子は寿美子が働くケアサービスと同経営の特別養護老人ホームに入所し、寿美子もいっしょにその施設に異動し、清子の介護を担当した。そして五年後、清子が亡くなったあと、寿美子は施設を辞めたのだという。

「槙野寿美子はその後、どうしたのですか」

「故郷に帰ったという話だ」

「どこですか」

「広島だ」

金沢かと思ったが、違った。

「先生は、石出さんが槙野寿美子の身代わりになったとお考えなのですか」

「そう考えたこともあった。清子はホームヘルパーの寿美子を気に入っていたらしい。そのために、石出は罪をかぶったとね。だが、それもおかしい」

「と、おっしゃいますと？」

「清子のために寿美子を守ってやろうとしても、肝心の石出が刑務所に入ったら、祖母の面倒を見る人間がいなくなるのだ」

それでも、柏田は寿美子にこだわったという。

「石出さんに何度も寿美子のことをきいたが、関係ありませんと言うだけだった」

結局、柏田はそれ以上の追及は出来なかった。肝心の石出が罪を認めているのだ。裁判は、柏田の意に沿うことなく終わった。

そして、石出が出所した今、柏田の中でもやもやしているものを解消しようと、山中温泉に向かう石出のあとを、京介に追わせたのだ。

「先生は、石出さんが山中温泉で槙野寿美子に会うと思ったのですか」

「そうだ。彼女は山中温泉で暮らしているのかと思った」

「広島には?」

「彼女が広島に帰った一年後、広島に行く機会があってね。広島弁護士会の会長が藍綬《らんじゅ》褒章《ほうしょう》を受章したお祝いがあったんだ。その翌日、時間があったので、槙野寿美子に会いに行った。そしたら、実家を半年前に出ていた。母親が亡くなっていて、兄嫁と折り合いが悪かったらしい。行き先はわからないということだった」

「では、やはり、石出さんは山中温泉で槙野寿美子と会うつもりだったんでしょうか」

「清子が亡くなるまで、槙野寿美子はときたま府中に面会に行っていたようだ。清子の様子を伝えるためということもあったようだが」

「そうなんですか。では、彼女と石出の結びつきは強かったのですね」

「うむ。東京を離れたあとは手紙のやりとりがあったようだ。だから、出所間際の手紙に、こおろぎ橋で会う約束が記されていたのかもしれない」

「でも、現われなかったのですね」

「なぜかわからないが、予定が変わったのだ」

「なぜ、現われなかったのでしょうか。もしかしたら、会う相手は槙野寿美子ではなかったのかもしれません」

「そうだったかもしれないな。ともかく、石出さんが帰ってきたらきくしかない。ほんとうのことを話してくれるかどうかわからないが」

「先生。もし、石出さんが槙野寿美子を庇っていたことがわかったら、どうなさるおつもりですか」

「もはや、どうしようもない。ただ弁護士として自分の気持ちの整理をつけたいだけだ。だが、それは私の我がままであって、石出さんからすれば、そっとしておいて欲しいことかもしれない」

「そうでしょうね。だから、嘘をついてまで山中温泉に行ったということですか」

「うむ。過去を振り返るより未来だ」

「先生」

京介は不思議に思ってきいた。

「なぜ、そんなに石出さんの事件を気になさるのですか」

「私は石出さんは殺人に関しては無実だと思っている。だが、石出さんは罪をかぶった。何度も私は石出さんに言った。真実を話すようにと。だが、彼はこれが真実ですと言うだけだった」

一呼吸の間《ま》を置き、

「私は罪をかぶろうとしている被告人を救うことが出来なかった。弁護士としての敗北感に責め苛《さいな》まれてきた」

「しかし、被告人が罪を認めているんです。仕方ないことではないのですか」

「弁護士は被告人の利益のために闘う。被告人の利益とは何か。被告人の望むとおりの弁護をすることだろうか。私は違うと思う」

柏田は口調を強めた。

「たとえば、無実を主張する被告人が実際に真犯人だった場合には、罪を認めるように説得するのが弁護士の役目だと思っている。罪を認めさせ、その上で情状酌量を求めての弁護に励む。それが私の考えだ。そして、逆もまたしかり」

柏田は息継ぎをし、

「誰かを庇い、罪をかぶろうとする被告人にも、真実をねじ曲げてはひとは救われないことを諭す。それも弁護士の役割だ。少なくとも、私はそういう弁護士でありたいと思っている」

「…………」

「だが、私は石出さんを諭すことが出来なかった。彼の言うままに結局有罪になってしまった」

それは先生の責任ではありません、と口にしかけたが、先輩弁護士の矜持《きょうじ》を思うと、声にはならなかった。

「あの事件で、ほんとうに石出さんが犯人だったのか、それとも私の見方が正しかったのか、それを確かめたかった。だが、それは私の身勝手な考えかもしれない」

柏田は自分に言い聞かせるように言った。

柏田にとって、石出の事件は弁護士の真の使命とは何かを突き付けてきたものだったに違いない。


疲れてきて、京介は立ち上がって伸びをした。

窓際に向かう。相変わらず窓ガラスを打ちつける雨は激しい。

柏田は広島に行った際に、槙野寿美子に会いに行った。寿美子から真実を聞き出そうとしたのだろう。だが、寿美子は実家を出たあとだった。

その後、寿美子が特養老人ホームに勤めていたときも、何度か会いに行ったらしい。だが、寿美子は何も語らなかった。それでも、実家に帰った寿美子に会おうとしたのは、心境の変化を期待したからだろう。

寿美子に会うついでに清子の様子をみたが、穏やかな表情でベッド上に起き上がっていたという。

窓ガラスを勢いよく滑り落ちる雨粒を見つめながら、京介は考える。やはり、柏田が言うように、川島真人を殺したのは寿美子なのだろうか。

身代わりになってもらった代償に、清子の面倒をみている。清子が寿美子を気に入っていたことが、石出が身代わりを買って出た理由なのかもしれない。

そう考えたら、石出の待ち合わせの相手は寿美子だと考えるのが自然だ。だが、だとしたら、なぜ寿美子はこおろぎ橋に現われなかったのか。

何かあったのだろうか。それにしても、なぜ山中温泉だったのか。寿美子はどうして、石出との再会場所を山中温泉にしたのだろうか。

しかし、こおろぎ橋の待ち人を寿美子と決めてかかっているが、ほんとうは別人なのかもしれない。

ただ、寿美子以外の人間だとしても、弁護人として、柏田は石出の知り合いを調べたはずだ。

柏田が知らない相手だとしたら、石出が口にしていた服役中に知り合った人間かもしれない。

先に出所した男があとから出所する石出に訪ねて来いと言っていたのかもしれない。

石出が事務所に顔を出したのは、十一月十七日のことだった。

柏田に呼ばれて執務室に行くと、石出が何となく沈んだ顔で、応接セットのソファーに座っていた。

「どうも金沢では」

京介はひがし茶屋街で会ったことを口にした。

石出は微かに頭を下げた。やはり、京介に気づいていたのだ。しかし、石出は、なぜ京介が金沢にいたかを訊ねようとはしなかった。

「じつは、鶴見くんには私の代わりに金沢の能楽堂に行ってもらったんだ。そしたら、君をひがし茶屋街で見かけたそうだ」

柏田が説明するが、石出は黙って聞いているだけだ。

「山中温泉はどうだったね」

柏田はさらにきく。

「ええ」

石出は曖昧に答え、

「先生。東十条にある『第一総和マンション』に部屋を借りました。これが住所です」

と、紙切れを差し出した。

「東十条か。赤羽に近くていい。では、木工所で働くか」

「もう少し休んでから、お世話になりたいと思うのです」

「まあ、しばらく休むのもいいだろう。で、目安は?」

「ひと月、時間をいただきたいのです」

「ひと月か。まあ、いいだろう。先方にはそう言っておこう」

「すみません」

「何かするのかね」

「いえ、特には……」

「お祖母さんのお墓参りはしたの？」

「はい、しました」

「お祖母さんとは君が小学生の頃から暮らしていたそうだね」

「そうです。父と母が亡くなってから祖母とふたりで」

両親は石出が小学一年のときに交通事故で亡くなったそうで、それからは祖母が石出を引き取って育てた。

「お祖母さんは小料理屋をやっていたそうだね」

「そうです。三ノ輪《みわ》でやっていました。でも、私が大学四年のとき、倒れて……」

石出は目を伏せる。

石出は祖父を知らないという。清子は未婚で、石出の母親を産んだらしい。そのあたりのことは事件と直接関係ないのだが、いちおう石出という人間を知るために柏田が調べたのだ。

「ところで、ホームヘルパーだった槙野寿美子さんとは会ったかね」

「………」

「どうした？」

「いいえ」

「会っていないのか」

「落ち着いたら、祖母が世話になった礼に伺うつもりです」

「槙野さんは、今どこにいるんだね。広島の実家を訪ねたことがあるんだ。そしたら、実家を出たあとだった」

「そうですか。彼女、東京にいるはずです」

「東京……」

「先生、これから行くところがあるので、これで失礼します」

石出は立ち上がった。

「そうか。では、適当なときに連絡をくれないか。木工所の社長に引き合わせたい」

「はい。失礼します」

京介はドアまで見送った。

「ひがし茶屋街でどこに行ったんですか」

「ちょっと……。では」

石出は話そうとはせず、エレベーターに向かった。

柏田の執務室に戻り、

「やはり隠していますね」

と、京介は言う。

「槙野寿美子と会っているはずだ」

柏田は言い切ったが、

「まあ、仕方ない。この件はこれで手を引こう」

柏田は断を下すように言った。

京介は窓ガラスを打ちつける雨を見つめながら、もっとあのとき深く追及すべきだったと、胸が引き裂かれそうになる。

そのことは柏田も後悔していた。石出が誰かの罪をかぶっているとしたら、刑期を終えたとしても、すべてが終わったわけではないことを心に留めておくべきだった。当然、刑期を終えたあと、新しい何かがはじまると考えるべきだった。

せっかく、槙野寿美子に目を向けておきながら、何も出来なかったことに、柏田だけでなく、京介も弁護士として激しい後悔に耐えねばならなかった。

4

京介は窓から離れ、机に戻った。

石出は働きに出るまで一カ月間の猶予を求めた。社会復帰するまでに、そのくらいの時間が必要だったのだろう。

その間に、この十三年間出来なかったことをするのだろうか。だが、石出は何か目的があったのだ。

槙野寿美子を探していたのではないか。柏田が東十条のマンションを訪ねたとき、石出は留守だった。隣室の婦人が旅行に出かけたらしいと話したという。

槙野寿美子を探し続けていたのではないか。そのことは容易に想像がついた。だが、京介は何もしなかった。

そこまでする義務もなければ責任もない。だが、京介は悔やんだ。刑期を終えて社会に出てきたばかりなのに、石出はまたも身柄を拘束されたのだ。

今、石出淳二は槙野寿美子殺害容疑で起訴され、小菅《こすげ》の拘置所にいる。逮捕された段階から、石出は犯行を否認した。

しかし、警察は石出が寿美子を探していた事実を摑み、十三年前の事件の関係者ということから、石出と寿美子の間に何らかの確執があると見たのだ。

槙野寿美子殺害事件に携わった警視庁捜査一課強行犯捜査七係の曾根元春《そねもとはる》警部補は、今四十二歳。十三年前に荒川中央署にいて、川島真人が殺害された事件の捜査本部の一員だった。

拘置所で石出に接見した帰り、京介は曾根警部補に会い、死体発見時の模様をきいた。

一月三十日午後八時過ぎ、曾根警部補は現場の五〇五号室に駆けつけた。すでに所轄の捜査員が来ていて、現場保存をしていた。

現場は四畳半二間の古いマンションで、寿美子は奥の部屋との敷居の上に仰向けに倒れていた。

衣服に血が染みつき、畳にも大量の血が流れ出ていたが、室内に荒らされたあとはなかった。

槙野寿美子の死体の前で呆然としていたとされる石出は、管理人室で所轄の捜査員から事情をきかれていた。

その捜査員からの報告を受けたあと、曾根が改めて事情をきいた。

「あの女性は誰ですか」

「槙野寿美子さんです」

「あなたとの関係は？」

「昔の知り合いです」

曾根はさらに質問を続ける。

「槙野寿美子さんはあなたの部屋に何しに来たのですか」

「遊びにです」

「で、部屋で話していたのですね」

「そうです」

「で、何があったのですか」

「わかりません」

「わからない？」

「飲み物がないので近くのコンビニまで買いに行ったんです。帰ったらあんなことになっていて」

「あんなことというのは？」

「彼女が死んでいたんです」

「死んでいることはすぐわかったのですか」

「いえ、倒れていたので、驚いて近づきました。そしたら胸と腹から血が噴き出していて。そばに包丁がありました」

「包丁はあなたのものですか」

「はい」

「包丁を摑んだのですか」

「摑みました」

「外出していた時間は？」

「十五分ぐらいです」

「その間に誰かが入ってきて彼女を殺したと言うのですか」

「そうとしか考えられません」

「何か盗まれたものは？」

「何も」

「あなたは誰かに恨まれていますか」

「いえ、そんなことはありません」

「妙ですね」

「私じゃありません」

石出は半ば放心状態のまま叫んだ。

京介はやりきれない思いで、椅子から立ち上がった。

柏田に言わせれば、石出は無実の罪で十三年間を刑務所で暮らし、晴れて社会復帰をしたばかりで、またも殺人事件に巻き込まれたのだ。

トイレから戻り、椅子に座ると、携帯が鳴った。

蘭子からだ。

「もしもし」

「まだ、事務所なんですか」

「ええ。もうしばらくかかりそうです」

「もう十時になりますよ」

「そうですか。気がつかなかった」

京介はもうそんな時間かと驚いて、壁の時計に目をやった。たしかに十時になろうとしていた。

「何かお手伝いすることありますか」

「いえ、今のところは」

「根を詰めている様子が心配だったので、何かあったら言ってください。なんでもしますから」

「ありがとう」

電話を切った。蘭子がわざわざ電話をかけてきてくれた。京介は疲れがやわらいだ。

再び、事件に向かう。

京介は曾根警部補から死体発見時の話をきいたが、接見の際に石出が語った内容と同じだった。

事件のあった夜、午後八時前、近くのコンビニに石出が現われ、ビールや牛乳などを買っていた。そのときの石出の様子に格別変わったことはなかったと店員が言っていた。石出がコンビニから帰って、寿美子の死体を発見したことは間違いないと思われた。だが、犯人の見当はつかなかった。古いマンションで、入口はオートロックだが、誰かといっしょなら入ることが出来る。防犯カメラはなく、入口の横に管理人室があり、夜の八時まで勤務していた。

管理人は不審な人物の出入りに気づいていない。もっとも、管理人はときたまゴミの集積所や自転車置場などの見廻《みまわ》りで管理人室を留守にすることがあった。

付近での不審者の目撃情報もなく、流しの犯行とは考えにくい。同じマンションの住人の犯行の可能性も極めて低かった。窃盗目的ではなく、殺しである。女のひとり住まいを狙ったのならともかく、遊びに来た女性を狙っている。

犯人は石出淳二を殺そうとして、誤って槙野寿美子を殺害したとは思えない。犯人は石出が部屋を出ていくのを確かめて押し入っているのだ。

それまで行方のわからなかった槙野寿美子が被害者として登場したことが、京介には衝撃だった。

寿美子は金沢の山中温泉の町中にあるアパートに住み、スナックで働いていたらしい。そして事件当日の午後、金沢からやって来たのである。

石出への疑いに拍車をかけたのが、石出が出所して三カ月にもならないということだった。さらに、十三年前に川島真人を殺したのも自宅であり、今回も自分の部屋という共通点も指摘された。

石出が寿美子殺しの容疑で逮捕された直後、京介は王子中央署で接見した。

「出所したあと、あなたは山中温泉に行きましたね。それは槙野寿美子に会いに行ったのですね」

「はい」

「会えたのですか」

「会えました」

こおろぎ橋で人待ち顔でいたことは口にせず、

「いつ、会う約束をしたのですか」

と、京介はきいた。

「出所のひと月前に出した手紙です。刑務所から出所を知らせると、折り返し、山中温泉で会う約束の手紙が来ました」

「会った理由は？」

「祖母が世話になったお礼をしたかったのです。祖母は彼女のことが気に入っていて、彼女の介護は素直に受け付けました。だから、私が服役したあとも、施設に入った祖母の介護をしてくれたことに感謝したかったのです」

「あなた方は、お互いに異性として好意を抱いていたということは？」

「それはありません」

「山中温泉のこおろぎ橋に行った翌日、あなたはひがし茶屋街に行きましたね。何しに行ったのですか」

「………」

それまで素直に答えていたが、返事まで間があった。

「何か」

「いえ。ただの観光です」

「観光……」

何か隠している。が、そのことを問うても、答えてはくれまい。京介は別のことをきいた。

「槙野寿美子さんは、どうして山中温泉に行ったのか、きいていますか」

「いえ、きいていません」

「あなたは、今後、寿美子さんと深くお付き合いをするつもりだったのですか」

「違います。彼女とはそういう仲ではありません」

「それなのに、どうして彼女に会いに行き、今回は東京に呼び寄せたりしたのですか」

「祖母の話をききたかったのです。私が祖母と離れていた五年間、祖母がどのように生き、最期はどのように死んでいったのかを知りたかったのです」

果たして、石出はほんとうのことを話しているのか。自分を育ててくれた祖母に感謝していることはわかるが、それだけだろうか。

「寿美子さんは、清子さんが亡くなってから、施設を辞め、いったん広島に帰ったんですね」

「そうらしいです」

「どうして介護の仕事を辞めてしまったんでしょうか」

「わかりません」

「石出さん。昔のことを蒸し返して申し訳ありませんが、あなたはほんとうに川島真人を殺したのですか」

「ほんとうです」

「誰かを庇っているようなことは?」

「誰を庇うというのですか」

「槙野寿美子」

「…………」

石出の表情が微かに歪《ゆが》んだ。

「違います」

「柏田先生はずっとあなたが身代わりになっていたと……」

「やめてください！」

石出は強い口調で制し、

「すみません」

と、あわてて謝った。

「いえ、よけいなことをきいてしまいました」

むきになった石出をますます怪しんだ京介は、質問を変えた。

「槙野さんとの会話の中で、何か気になることはありませんでしたか」

「特には……」

「槙野さんはスナックで働いていたそうですね」

「そうです」

「あなたはそこに彼女を訪ねたのですか」

「はい。でもスナックに彼女はおらず、会えたのは二日後です」

「そこではどんな話を？」

「ゆっくり話は出来ませんでした」

「でも、何か話したのですね」

「長い間、ご苦労さまでしたと」

なんとなく、石出は歯切れが悪い。やはり、十三年前の事件に秘密が隠されているのかもしれない。

「先生。私は彼女を殺していません。真犯人は別にいるのです。私が犯人にされたら、真犯人は逃げてしまいます」

いきなり、石出は真剣な眼差《まなざ》しで訴えた。

「あなたは、誰か、そんな人間を知っているのですか」

「いえ……ただ」

石出が口にした。

「彼女には付き合っている男性がいたようです」

「誰かわかりますか」

「いえ、知りません」

「そんな男性がいるのに、どうしてあなたの部屋にやって来たのでしょうか」

答えるまで間があったが、

「祖母のことで私に伝えたいことがあったようです」

と、石出は答えた。

「山中温泉で会ったときに聞いたのではないのですか」

「いえ、全部聞いたわけではありません」

「そうですか」

京介は頷《うなず》き、

「彼女は、あの夜、あなたの部屋に泊まるつもりだったのですか」

「違います。付き合っている人間がいるのに、そんな真似《まね》はしません」

「槙野寿美子に付き合っている男がいたことを、警察に話したのですか」

「話しました」

石出は複雑な表情をして答えた。

外が静かになっていた。窓ガラスに雨滴が細い筋を作って流れているだけだ。雨は小《こ》止《や》みになっていた。

そろそろ十一時になろうとしている。もう帰らなければと思いながら、また頭は事件に向かってしまう。

警察は石出を逮捕したものの、動機が摑めなかったようだ。十三年ぶりの再会で、なぜ殺さねばならなかったのか。

痴情絡みと見ていたが、その証拠に乏しかった。

だが、槇野寿美子と親しくしていたという男が警察に現われたことにより、捜査はいっきに進展したのだ。

曾根警部補によると、石出の逮捕の数日後、親しくしていたという男が上京してきた。そのときの様子を、曾根警部補からきいている。

内堀恭作《うちぼりきようさく》という三十八歳の鼻筋の通った男だ。内堀は金沢で十年前にＩＴのベンチャー企業を立ち上げ、ここ数年で飛躍的に成長させ、金沢の経済界で注目を集めている若手経営者だという。

曾根が槇野寿美子との関係を訊ねると、

「親しくしていました」

と、あっさり答えた。

「親しいというと、結婚の約束をしていたとか？」

「いいえ。私には妻子がいますから」

「失礼ですが、すると、愛人ですか」

「まあ、そんなところです」

内堀は表情を曇らせた。

「なぜ、槙野さんが東京に来たのか、わかりますか」

曾根がきく。

「昔の知り合いに会ってくると言ってました。相手の名前は聞いていません」

「どんな用か、わかりませんか」

「なんでも義理があるので、会わなければならないのだと言ってました」

「義理ですか。どんな義理なんでしょうか」

「借りとも言ってました」

「借り？」

そこで、曾根は十三年前の事件について改めて調べ直した。荒川中央署から捜査資料を借り、検討した。

石出は要介護4の祖母とふたり暮らしで、上野にある食品メーカーで営業の仕事をしていた。

たまたま、仕事先から昼過ぎに南千住の家に帰った石出は、部屋を物色している男を見つけた。その場で争いになり、石出は男を台所にあった包丁で刺して殺した。

被害者は『八巻運輸』という宅配便のドライバーをしていた川島真人で、何度も石出の家に荷物を届けていて家の中の様子をわかっていた。それで空き巣に入ったということで処理された。

　しかし、曾根は、たまたま会社を抜け出して家に帰ったら空き巣に遭遇したという、石出の自供に疑問を持った。

　この筋書きでは、槙野寿美子が登場しないのだ。寿美子はホームヘルパーとして昼間の二時間、祖母の介護のために石出の家に来ている。現場にいた可能性もある。

　寿美子は石出に借りがあると、内堀に言っていたという。その言葉が正しいならば、川島真人殺しに寿美子が関わっていなければならない。

　そう思った曾根は改めて、石出の弁護人だった柏田弁護士が、石出は無実だと訴えていたことを知り、虎ノ門の事務所に会いに行った。

　執務室で、柏田と会った曾根は、

「先生は、川島真人殺しが石出の犯行ではないと考えていらっしゃったそうですね」

と、単刀直入にきいた。

「今でも、そう思っています。でも、石出さんは罪を認めましたから」

　柏田はなぜ今さら、そんなことをきくのか不思議そうに答えた。

「先生は、事件の真相をどう考えていらっしゃったのですか」

「なぜ、そのようなことを？」

柏田は興味をひかれてきいた。

「じつは」

と、曾根は困惑の体《てい》を隠さず、

「内堀という男が、槙野寿美子は石出淳二に義理や借りがあると話していたというのです。借りとは十三年前の事件に絡んでいるとしか思えません。先生は、その事件で石出の無実を主張されていたそうですね」

「………」

「石出は真犯人の身代わりになったのではありませんか」

「確かに、その可能性を指摘しました。しかし、証拠はなく、説得力に欠けました」

「しかし、石出の供述にはいくつもの不自然な点がありますね。たまたま会社を抜け出して家に帰ったら空き巣に遭遇したという話は、よくよく考えれば奇妙です。まず、会社を抜け出し、家に帰った理由です」

「確か、腹痛で医者に行こうとしたら、治まった。医者に行かずに済んだために空いた時間で、家に帰った。出掛けに祖母の様子がおかしかったから、ということでしたが」

「しかし、ホームヘルパーの槙野寿美子が来ていたのです。おかしかったら、彼女はそのまま黙って引き上げるでしょうか。様子がおかしいことを、石出に電話で告げるのではないでしょうか」

曾根は畳みかけるように、

「また、それが理由なら、会社に腹痛という嘘をついて家に帰る必要はありません。何かがあって、槙野寿美子から電話で呼び戻されたのではないでしょうか」

「その証拠はありませんでした。あくまでも想像でしかありません」

「でも、先生はその可能性が高いと考えていらっしゃったのではありませんか」

「………」

柏田の歯切れが悪いのは、そのことが今回の事件の動機につながってしまいかねないからだ。だが、迷った末に、柏田は口にした。

「はっきり申しましょう。おっしゃるとおりです。石出は槙野寿美子から電話をもらい、急いで家に帰ったと思っています。そして、家の中で見たのは川島真人の死体です」

「そうですか」

曾根は頷いた。

「石出の自白があるため、私の主張は受け入れられませんでした。それに、槙野寿美子を真犯人だと告発するわけにもいかず、私は自説を引っ込めました」

「先生は何があったのだと思いますか」

「川島は宅配業者として石出の家に荷物を届けている。寿美子も何度か荷物を受け取っていたはずです。川島は家の中には寿美子と介護の必要な年寄りがいるだけだとわかっていた。それで、家に押し入り、寿美子を襲ったのではないでしょうか」

「寿美子は身を守るために包丁で……」

「はい。包丁を台所に取りにいったのではなく、清子のために果物でも剝《む》くためにそばに置いてあったのかもしれません」

曾根は意を決したようだ。

「先生。もし、場合によっては、今の話を証言していただくことは可能ですか」

と、難題を吹っ掛けた。

今回の事件の動機とされかねない重大な証言を、当時の弁護人にさせようとしているのだ。過去の事件の無実を主張することは、現在の石出の立場を苦しいものにする。

当然、断ると思った柏田の答えは意外なものだった。

「いいでしょう。いつでも、証言します」

柏田はためらうことなく、はっきりと言った。

5

事務所は静かだった。壁時計の針は午前零時を指そうとしていた。

雨はもう止んだようだ。いつもはふとんに入る時刻だが、目は冴《さ》えていた。かつて、これだけプレッシャーのかかった事件はなかった。

十三年前の事件に今回の事件を引き起こす火種があったことは間違いない。そして、柏田があえて石出に不利な証言をした意図を知り、京介は身が竦《すく》んだ。京介は昂《たかぶ》った神経を鎮めるように深呼吸をした。

柏田の証言により、捜査本部は石出淳二が槙野寿美子を殺害する動機を得たのだ。

そもそも、石出がなぜ寿美子の身代わりになって無実の罪をかぶったのか。

十三年前、寿美子から携帯に連絡を受けた石出は事情を聞いたあと、寿美子に帰るように言った。そして、医者に行くと嘘を言い、会社を出た。

家に帰ると、川島が死んでいた。おそらく、祖母の清子は何があったのかも理解出来ず、ベッドで眠っていたのではないか。

石出は死体をブルーシートで包んで縄をかけ、押入れに隠した。その後、会社に戻り、退社後、わざと少し離れた日本橋本町のレンタカー会社で車を借り、死体を荒川河川敷に捨てに行った。

だが、死体が発見されてからいっきに疑いは石出に向かった。まず、死体遺棄で、続いて殺人の容疑で逮捕された。

石出は寿美子を庇った。祖母の清子が気に入っていた寿美子を祖母から引き離したくないという思いもあったろうが、それより二人の間には恋愛感情があったとも推察できた。

石出が服役した後も、寿美子は清子の介護を続けた。その間、刑務所にも面会に行っている。

だが、清子が亡くなったあとは、面会に行かず、手紙だけの付き合いになっていた。その頃はすでに、広島、山中温泉と居を移していたせいもあるかもしれない。

出所したあと、石出は山中温泉に寿美子を訪ねた。石出にしてみれば、寿美子とふたりでやり直そうとしていたのだろう。だが、寿美子は妻子ある内堀恭作の愛人になっていた。

裏切られた石出は、自宅マンションの部屋で寿美子と話し合ううちに、かっとなって包丁で刺して殺した。

これが捜査本部が描いたストーリーだ。

石出が起訴されたあと、柏田は京介を呼んだ。

「なぜ、私があえて石出さんに不利な証言をしたと思うかね」

柏田は京介の心の内を読んだようにきいた。

「真実を包み隠さずという先生の信念からですか」

京介は答える。

「それもある。だが、私の考えはあくまでも想像であって真実とは限らない。なにしろ、私の考えを裏付ける証拠はないのだ」

「では、なぜですか。石出さんが寿美子を殺す動機がないことは、石出さんの無実を証明する大きな材料ではなかったのですか」

石出の犯行だとするには、いくつかの疑点があった。

第一に、すぐばれるであろう自宅で、なぜ殺したのか。

さらに話し合いの最中にかっとなって衝動的に殺したとしても、現場の状況に不自然な点があった。

部屋に、缶ビールや牛乳などが入ったコンビニの袋がそのまま置いてあったことだ。つまり、コンビニから帰って袋から取り出す間もなく、言い合いになって殺したことになる。

しかし、コンビニの店員は、石出に不審を感じていなかった。もし、殺したあとなら偽装のために買物に来たことになるが、そんな状況で平静を装えるとは考えにくい。

したがって、石出が犯人なら、コンビニから戻ったあとに、買物したものを袋から取り出す前に口論となって殺したことになる。

そんな短時間で殺そうと思うほどの口論となるのか。このことについて、曾根はこう解釈した。

石出が部屋に戻ったとき、寿美子は引き上げようとしたところだったと。

まだ、話が終わっていないと、石出は押し返す。しかし、寿美子は帰りの新幹線の最終に間に合わなくなるからと強引に引き上げようとした。

そこで揉み合いとなり、裏切られた怒りから包丁を手にとって、寿美子の胸を刺した……。

もうひとつの疑点は、管理人が、女のひとの悲鳴を聞いたという知らせを受けた時間だ。管理人が帰り支度をしていたときに電話が鳴ったという。五〇五号室で女のひとの悲鳴を聞いたという男からの電話だった。

その前に、石出がコンビニ袋を提げて帰って来たのを、管理人は見ている。石出が帰って数分後に電話があったという。

すぐに管理人は五階にエレベーターで上がった。犯行時間はほんの数分である。そんな短時間で言い合いから殺人まで可能だろうか。

最後の疑点は、管理人に通報した人間がわからないことだ。関わり合いになるのを恐れてという考えも出来るが、マンションの住人にはいなかった。

こういった疑点がありながら、やはり警察は出所後三カ月足らずという石出の状況を重く見たのだ。

逮捕されてすぐ私選弁護人になった京介は石出と何度も接見をした。曾根は、石出は槙野寿美子との恋愛関係を否定しているが、裏切られた末の石出の犯行という考えに固執していた。

　京介は王子中央署での最後の接見の様子を蘇らせた。

　仕切りガラスの向こうに、石出が座った。少し窶《やつ》れたような気がした。

「体の調子はだいじょうぶですか」

　石出に声をかける。

「はい」

「食事はちゃんととっていますか」

「あまり食欲はありません」

　石出が俯《うつむ》いて言う。

「無理してでも食べないと」

「ええ」

「もう一度確かめておきたいのですが、あなたと槙野寿美子さんはお互い好意を持っていたのですか」

「はい、祖母が気に入っているホームヘルパーさんだから、親しみがありました」

「恋愛感情ではないのですか」

「……いえ」

答えるまで間があった。

「違うのですね」

「ええ」

「警察は、あなたが寿美子さんの身代わりになって罪をかぶったと見ていますが？」

「いえ、違います。身代わりなんかになっていません」

石出は激しく否定した。

「川島真人を殺したのは自分だと？」

「そうです」

この点になると、石出は頑なだった。

「何度もききますが、あなたと彼女はこの十三年間、ずっと連絡をとっていましたね。恋愛感情がなかったとしたら、なぜなんですか」

「祖母が気に入っていた女性だからです」

石出は同じことを繰り返した。

「しかし、お祖母さんが亡くなって八年以上経つではありませんか。寿美子さんはお祖母さんと特別なつながりでもあったのですか」

京介は疑問を呈する。

「なんとなくだと思います」

「なんとなくですか」

はぐらかされた体だが、構わず続けた。

「彼女は事件当日に東京にやって来ました。あなたに会うのが目的だったのですね」

「そうです。私が逮捕されたあとの祖母の暮らしを話してくれていましたが、まだ言い残したことがあるということでした」

「お祖母さんの暮らしを知りたかったのですか」

「ええ。私があんなことになって、祖母をひとりぼっちにしてしまったんです。だから、刑務所でもずっと気にしていました」

「亡くなって八年経っても、知りたいのですか」

「はい。祖母はひとりで私を育ててくれたのです。その恩を返せないままになってしまいました。せめて、私のいない五年間はどのような様子だったかを知りたかったのです」

石出はさらに続けた。

「私が知りたいという以上に、彼女も祖母の最後の五年間のことを私に話したかったようです」

「そうですか。で、どのような話を聞いたのですか」

「幸か不幸か、最後は認知症が進み、私のことなど忘れ、楽しそうに過ごしていたと聞きました。気分がいいときは唄を唄ったそうです」

「唄ですか」

「民謡が多かったそうです。祖母が唄ったのを聞いたことがないので、私には意外でした」

「そうですか。でも、彼女はまだあなたに話していないことがあったのですね」

「そうです」

「それでそのことを伝えるために、事件の日にあなたのマンションの部屋に彼女がやって来たのですね」

「そうです」

「話を聞きましたか」

「いえ、聞いていません。そのことを話す前に、あんなことになってしまって」

「あなたに話していないこととは何か、想像がつきますか」

「いえ。つきません」

「それまで、彼女とは何度か面会もしていたのですよね。それなのに、そのことは話そうとしなかったんですね」

「そうです」

「なぜでしょうか」

「話しづらいことだったのだと思います」

「話しづらいことって何でしょう。想像はつきませんか」

「わかりません」

石出は首を横に振る。

京介にはまだ何か隠されていることがあるような気がしてならない。

「石出さん。弁護をする上で大事なことは、あなたが何ごとも包み隠さず、正直に真実を語ってくれることです」

「はい」

石出は小さく頷く。

「じつは、私も今まで黙っていたことがあります。去年の十一月、あなたが山中温泉に行った次の日、私も山中温泉に行ったのです。柏田先生にあなたが誰と会うのか調べて欲しいと言われて」

「やはり、そうでしたか。鶴見先生をひがし茶屋街で見たとき、つけられていたのではないかと思いました」

「すみません。勝手な真似をして」

京介は詫《わ》びてから、

「じつはあなたが山中温泉に行った次の日、私は散策していて、偶然にこおろぎ橋で佇んでいるあなたを見かけました」

「………」

「誰かを待っている様子でした。槙野寿美子さんですか」

「そうです」

「なぜ、こおろぎ橋で？」

「スナックでは他の客がいますから」

「で、彼女はやって来なかったようですね」

「ええ。じつは……」

石出は言いよどんでから、

「前日もこおろぎ橋で待っていたんです。でも、約束の時間に来ませんでした。それで、彼女が勤めるスナックに行ってみました。でも、彼女はいなかったんです」

「いなかったというのは？」

「急に休みをとって金沢に出かけたということでした。スナックのボーイらしい若い男性に言伝《ことづ》てがしてあって、明日の夕方にこおろぎ橋で待っててくれと」

「何があったんでしょう？」

「男だと思いました。彼女には付き合っている男がいたのです。おそらく、その男が私と彼女を会わせたくなかったのだと思います。それで、彼女を金沢に呼びつけたのです」

「その男とは、内堀恭作さんでしょうか」

「わかりません。ボーイらしい男性の話では、何人か彼女に入れ揚げている男がいたようです」

「では、次の日にひがし茶屋に行ったのは？」

「ボーイらしい男性がひがし茶屋街にある伝統工芸品の土産物店の若社長のところかもしれないと言ったので、そこに行ったんです」

「なるほど。そこに向かう石出さんを私が見かけたのですね」

「ええ」

「で、彼女に会えたのですか」

「いえ。若社長と外出していて会えませんでした。でも、その日、午後からまた山中温泉に行って、こおろぎ橋で待っていたら、やっと彼女と会えました」

石出は寿美子を思いだし、しんみりした。

「石出さん。ほんとうはあなたと寿美子さんは心が通じ合っていたのではないですか。だから、そんなに一生懸命、寿美子さんを探したのでしょう」

京介は改めて確かめるようにきいた。

「どうなんですか」

「…………」

「石出さん。真実を語ってください。真実こそ偉大な力です」

「偉大な力？」

「そうです。そのことを話すことで自分が不利になるとしても、それが真実なら、きっとあとで大きな力になります」

石出は大きくため息をつき、

「そうです。確かに、十三年前、何度かデートをしました。あんな事件がなければ結婚していたかもしれません」

やっと、石出が本心を打ち明けた。

「でも、十三年の空白は大きかった。彼女には新しい生活がはじまり、新たな人間関係が出来てしまったのです。出所を待ってくれていると思ったのは私の甘い考えでした。あの日、彼女が私の部屋にやって来たのは私に別れる理由を説明するためです。私はその話をしらふでは聞けないと思い、コンビニにビールを買いに行ったのです。帰ってきたら、あんなことに……」

「十三年前、あなたは寿美子さんの罪を被ったのですか」

「違います。川島真人を殺したのは私です」

京介は頭が疲れてきた。午前零時を大きくまわっている。今から帰るのも億劫《おっくう》だ。今夜は事務所に泊まろう。

身代わりになって裁きを受けたことは否定したが、石出は槙野寿美子への恋愛感情を認めた。だが、十三年経って、彼女の気持ちに変化が生じたのは事実のようだ。

そのことは十分に動機になり得る。だからといって、このことを、いつまでも警察に黙っているわけにはいかない。どんな不利なことであっても真実を語る。それが、柏田から受け継いでいる弁護士としての姿勢だった。

そして、京介に言われたとおり、石出は次の取調べのとき、寿美子との関係を正直に話したという。

午前一時になって、京介はやっと立ち上がった。これ以上、頭がうまく働かなくなっている。

京介はときたま泊まることがあるので、毛布や旅行セットを置いてある。トイレに行き、応接セットのソファーに横になった。しかし、目は冴えて、頭の中は事件のことでいっぱいだった。

第二章 山中節

1

四月十二日。

京介は部屋の中が明るくなって目を覚ました。一瞬どこにいるのだろうかと考えた。自分の部屋ではない。ソファーに寝ていることに気づいて、ようやく事務所だとわかった。

昨夜は横になっても事件のことを考え続けていたが、いつの間にか寝入ってしまった。七時過ぎだ。また目を閉じたが、もう眠れそうになかった。

石出が寿美子との関係を打ち明け、さらに犯行当夜、寿美子が自分との関係を清算するわけを話すためにマンションにやってきたのだと供述した。

捜査本部は色めきたって、犯行の自白をも迫ったが、石出は犯行を否認した。しかし、これで犯行の動機は十分だった。捜査本部は殺人容疑で、石出淳二を起訴した。

石出との関係を清算するわけとは何だろうか。単純に考えれば、寿美子に好きな男が出来たということだろう。

寿美子は山中温泉のスナックで働いており、多数の男に言い寄られていたらしい。その中のひとりと親しくなった。そのことは十分に考えられることだ。

だが、そんなことを話すためにわざわざ東京まで出てくるだろうか。寿美子が話したかったことは、やはりもっと別なことだったのではないか。

それが何か。石出にもわからない何かがあるのではないか。

そもそも、なぜ、寿美子は山中温泉に行き、そこで暮らすようになったのか。

石出の祖母清子が亡くなり、寿美子は施設を辞めて広島の実家に帰った。だが、半年後に実家を出ている。

なぜ、寿美子は施設を辞めたのか。京介がそのあたりの事情を調べるために、清子が入所していた特養老人ホームを訪ねたのは、石出が起訴された数日後、二月二十四日だった。

荒川の近くにあるホームの窓からは土手と、川に沿って走っている高速道路が見える。

この四階の部屋で、清子は過ごしていたという。

「槙野さんはほんとうによく清子さんの面倒をみていました。いえ、だからといって、他の方の介護がおろそかになっていたわけではありません」

介護職員の年配の女性は言う。

「入所中、清子さんに何か変わったことはありましたか」

「いえ、特には目立ったことはありません。物静かな女性でした。ただ、だんだん認知症が進んでいきましたが、寿美子さんだけはよくわかるようで、寿美子さんといっしょのときはほんとうに仕合わせそうな顔をしていました」

「孫の淳二さんのことを気にしていたようですか」

「ここに来た当初は、夜中に泣きだしたり、情緒不安定でした。そのたびに寿美子さんがいたわっていました。でも、だんだん口にしなくなりました」

「やはり、認知症が進んだからでしょうか」

「そうだと思います」

「寿美子さんは、なぜ、施設を辞めたのでしょうか」

「介護の仕事に疲れたと言ってました。ずいぶん、一生懸命でしたからね。まるで、肉親のように面倒をみていました」

「そうですか。清子さんも寿美子さんといっしょだと楽しかったんでしょうね。そういえば、唄を唄っていたとか」

「ええ、そうなんです。認知症がかなり進んでいたときだったのでびっくりしました。

それまで一度も唄ったことはなかったんです。それがとてもお上手で」

「民謡を唄っていたとか」

「ええ。歌詞を覚えているんです」

「歌詞を？　どんな民謡なんですか」

「どこの民謡だったかしら。あっ、寿美子さんがテープに吹き込んだものがあります。お聴きになりますか」

「ええ、ぜひ」

三十分ほど経って、女性が戻ってきた。手に今では遺物のようなラジカセとカセットテープを持っている。

「すみません。探すのに手間取って」

「でも、よくとってありましたね」

「所長が、認知症の研究に役立つかもしれないからとっておくようにと。でも、そのまま倉庫にしまいっぱなしでしたけど」

テープをセットして、女性は再生した。

雑音がして、音は小さいが、声は聞き取れた。

ハアー　忘れしゃんすな山中道を　東ゃ松山、西ゃ薬師

ハアー　送りましょうか送られましょうか　せめて二天の橋までも
ハアー　山が高こうて山中見えぬ　山中恋しや　山憎や
ハアー　主のおそばとこおろぎ橋は　離れともない、いつまでも

「これは」

京介ははっとした。

山中節だと思った。山中温泉の山中座で流れていたのと同じだ。山中という言葉にこおろぎ橋が出てくる。

「これ、ほんとうに清子さんの声なんですか」

「ええ。見事でしょう」

介護職員の女性が感嘆する。

見事だというだけでなく、素人のレベルではないような気がした。

陽光が部屋に射し込んできた、空腹を覚えて、京介は起き上がった。

トイレに行き、歯を磨き、顔を洗う。

それから、執務机に行き、隣にある喫茶店に電話をした。

「柏田法律事務所の鶴見です。コーヒーとトーストをお願い出来ますか。ええ、ゆで卵

も」

受話器を置いて、椅子に座ると、たちまち、事件に思いが向かう。

清子は山中節を小さいときから耳にしていたか、あるいは本格的に習っていたのではないか。

いずれにしろ、清子は山中温泉に関係している。

寿美子が山中温泉に行ったのは、ここに理由があるのかもしれない。しかし、寿美子は山中に行って何をしようとしたのか。

清子のことを調べようとしたのか。なぜ、そのようなことをする必要があったのか。それより、まず清子がほんとうに山中温泉に関わりがあるのか、そのことを確かめるために、京介は小菅の拘置所に移された石出を訪ねた。

「祖母の清子さんは山中温泉で暮らしたことがあるのですか」

京介は切り出した。

「いえ、知りません」

石出はほんとうに知らない口振りだ。

「どうして、そんなことを……」

「清子さんは民謡を唄っていたと言ってましたね」

「ええ。槙野さんがそう言ってました」

「清子さんの唄を録音したテープが残っていたのです。清子さんは山中節を唄っていました」

「山中節？」

「山中温泉で唄い継がれている民謡です。それが、ただ唄えるというレベルではなく、本格的な唄い方なんです」

「祖母はほんとうに山中温泉に？」

「ある時期、山中温泉にいらしたことは間違いないと思います。聞いたことはありませんか」

「いえ」

石出は首を横に振る。

「槙野寿美子さんが山中温泉に行ったのは、清子さんの影響かもしれません。ただ、そこに住みついたのはなぜか、というのがわかりません」

京介は身を乗り出し、

「清子さんのことを教えていただけませんか」

「そのことが、何か事件に関係があるのですか」

「わかりません……あなたの生まれは品川区でしたね」

「はい。両親は私が小学一年のときに交通事故で亡くなったので、祖母に引き取られました」

「清子さんは三ノ輪で小料理屋をやっていたそうですね」

「そうです」

「どこのご出身だか、聞いたことはありませんか」

「いえ」

「おかあさんは三ノ輪の生まれですか」

「そうです」

「それ以前、清子さんは山中温泉に住んでいたのではないでしょうか。そのことを裏付けるような、何かを聞いたことはありませんか」

「いえ、祖母は昔のことを語ろうとしませんでした。ただ、祖母は未婚で母を産んだということは話していました」

「山中温泉のことは一度も聞いたことはないのですね」

「はい」

「寿美子さんは、山中温泉で暮らしていたんです。清子さんのことを調べたのではないかと思うのです」

「なぜでしょうか。なぜ、彼女が祖母のことを調べなきゃならないんでしょうか」

石出が逆にきいた。

「わかりません」

京介はため息をついて答えた。


チャイムが鳴って、我に返った。

京介は財布を持って事務所のドアを開けた。

「お待ちどおさまでした」

若いウエイターがコーヒーとトーストを持ってきた。

「ありがとう。中に」

「はい」

執務室のテーブルに置いてもらった。

代金を受け取って、ウエイターが引き上げた。

京介はトーストを食べながら、考え続けた。

寿美子が山中温泉に行ったことが今回の事件にどう結びついているのか。あるいはまったく関係ないのか。

気になるのは、寿美子がわざわざ東京までやって来て、石出に何を告げようとしたのかだ。

石出の話では、別れる理由を説明するためだと言っていた。

しかし、そのことで寿美子が殺されたとは考えづらい。寿美子に言い寄っていた男は何人かいたらしい。その中のひとりが、金沢から寿美子のあとをつけてきて、石出のマンションに入ったのを見て、嫉妬から殺した。

その可能性は高いかもしれない。

だが、なぜ、寿美子が石出の部屋までやって来たのか、そのことが明らかにならない限り、第三者の犯行説に説得力がない。

寿美子が別れ話でやって来たのなら、石出が逆上して寿美子を殺したとの解釈が自然だ。

トーストを食べながらコーヒーを飲んでいると、山中節にも唄われている山中温泉のこおろぎ橋の情景が脳裏に浮かんだ。

緑に覆われた木の橋の風情は、好き合った男女が別れを惜しむにふさわしい雰囲気に感じられた。

その橋で、石出は寿美子を待っていた。橋には観光客がたくさんいたから気づかなかったが、もし橋に石出だけだったらどうだろうか。

ひとり佇む石出には哀愁が漂っていたのではないか。哀愁と感じたのは石出に絶望感があったからではないのか。

絶望感というより諦めだ。寿美子が現われないのは、彼女に思いを寄せている男が石出と会わせたくなかったので、彼女を金沢に呼びつけたのだと、石出は説明した。

しかし、その男は石出のことを知っていただろうか。彼女は川島真人が殺された事件のことを周囲に隠していたはずだ。

第三者が知っていたとは思えない。百歩譲って知られていたとしても、石出との関係までとは思えない。

こおろぎ橋に現われなかったのは、何者かが会わせないように邪魔をしたのではなく、彼女自身の考えではなかったのか。

いったん、こおろぎ橋で会う約束をしたものの、寿美子は考えを変えたのだ。京介は愕然《がくぜん》とした。

調べれば調べるほど、石出への疑惑が深まっていくような気がする。今のままでは動機は十分過ぎる。

川島真人殺しの身代わりで罪をかぶり、十三年後に出所したら、寿美子は心変わりをしていた。何のための十三年間だったのか。

石出としたら、そう考えるのは当然だ。

それに、まだ石出は何かを隠しているようだ。隠しているとしたら何か。そのことが今回の事件と関係あるのか、ないのか。

コーヒーカップは空になった。京介は窓辺に立った。九時を過ぎ、外堀通りは渋滞していた。

石出が身代わりになると決めた理由は、寿美子を助けたかったからであろう。家に帰って川島真人の死体を見つけたとき、石出は寿美子を助ける決断をしたのだ。だから、死体遺棄を図った。

死体が見つかったあと、捜査の手がすぐに自分に伸びたのは計算違いだったか。

石出は身代わりになれば出所後、寿美子と結婚出来ると本気で思ったのだろうか。ひとをひとり殺したのだ。少なくとも十年前後の実刑は計算出来たはずだ。

十年間も寿美子が待ってくれると思ったのか。殺人の罪をかぶってやったのだから、待つのが当然だと思ったのか。

それにしても、寿美子はなぜ山中温泉に行ったのだろうか。清子が唄う山中節に感動したとしても、わざわざそこまで行くだろうか。

九時半をまわって、事務員の女性が出勤してきた。

「鶴見先生、ずいぶんお早いのですね」

と、驚いたように言う。

「扉の鍵がかかっていなかったので驚きました。あっ、まさか、昨夜は事務所に？」

「そうなんです。帰りそびれて、泊まりました」

「まあ」

「朝はこれです」

京介は空になった出前の一式を、給湯器の脇のテーブルに置いた。

「ごくろうさまです」

事務員の声を背中に聞いて執務室に戻るや、再び仕事をはじめた。

2

石出と寿美子の関係はほんとうはどうだったのか。寿美子が山中温泉に行ったのは清子の唄を聴いたからか。

京介はもう一度、山中温泉に行ってみようと思った。そして、ついでに会ってきたい人間がいた。

内堀恭作だ。ITのベンチャー企業を経営しているという。寿美子と親しい関係にあった男性だ。

ただ、内堀には妻子がいるから、愛人関係である。

この内堀の証言が、捜査陣の考えを十三年前の事件に誘ったのだ。寿美子が東京に行ったのは、義理がある昔の知り合いに会うためだと。借りがあるとも言った。

寿美子は内堀という男がいるのに服役中の石出と文通をし、出所後に会う約束をした。身代わりになってくれた借りがあるからだ。

だが、いざとなると、待ち合わせのこおろぎ橋に行くのに臆し、二度も約束を破った。

しかし、気が済まずに、今の自分の心情を理解してもらおうと、東京まで行った。

こういうストーリーを立てれば、石出が逆上して寿美子を殺したこととの説明がついてしまう。

しかし、内堀と寿美子がほんとうに愛人関係にあったのか。内堀の一方的な話だけで決めつけていいのか。

寿美子がなぜ、山中温泉に行き、そこで暮らすようになったのか。

三月一日、京介はそのことを調べるために、再び、山中温泉に向かった。

午後に東京を発ち、金沢を経由して加賀温泉駅に着いたのは四時過ぎだった。そこからタクシーに乗り、南町に行ってもらう。

山中座を過ぎ、南町ゆげ街道の途中でタクシーを下りた。路地を曲がったところに、スナック『しぐれ』があった。

まだ、開店前だが、扉は開いた。カウンターだけの狭い店かと思ったが、ゆったりとしたフロアーの大きな店だった。

奥から、蝶《ちょう》ネクタイの若い男が出てきた。

「申し訳ありません。まだなんです」

「すみません。私は東京からやって来た弁護士の鶴見と申します」

京介は名刺を出した。

「ひょっとして、寿美子さんのことで？」

「はい。少し、お話をお聞かせ願えればと思いまして」

「詳しいことはママのほうが」

男は言ってから、

「まだ、ママは来ておりませんが」

「何時ごろ、お見えでしょうか」

「八時過ぎです」

「八時ですか」

まだ五時だ。どこかに泊まらなければならない。

「ちょっときいてみましょう」

若い男は携帯で連絡してくれた。

やっと若い男が顔を向けた。

「ママ、すぐ来るそうです。どうぞ、お座りになって待っててください」

「そうですか、すみません」

京介は礼を言い、近くのテーブル席の端に腰を下ろした。

「それにしても、寿美子さんがあんなことになるなんてショックでした」

若い男は顔を歪めた。

「去年の十一月十一日頃、ここに寿美子さんを訪ねて石出淳二というひとがやって来ませんでしたか」

「来ました。会う約束をしていたらしいですね。寿美子さん、その日は休みをとっていました。お客さんの付き合いで金沢に行くと言っていたので、そう話した覚えがあります」

「寿美子さんがそう言っていたのですね」

「そうです」

「そのお客というのは？」

「ひがし茶屋街にある伝統工芸品店『加賀工芸』の若主人です。寿美子さんを贔屓《ひいき》にしていました。寿美子さんにそう言ってくれと頼まれました」

石出の話と符合する。

石出は次の日は帰ってくると言われて、こおろぎ橋で待っていたのだろう。だが、寿美子は現われなかった。

やはり、寿美子は自分の気持ちを行動で示したのではないか。これによって、寿美子は石出との別れを予告したのだという想像に間違いないような気がした。

ドアが開いて、ママらしい風格の着物の女性がやって来た。

「ママ、こちらが弁護士さんです」

若い男が名刺をママに渡した。

「鶴見と申します」

京介は改めて挨拶する。

「どうぞ、おかけください」

ママは五十代か四十代かわからないが、艶やかな雰囲気の女性だった。

「寿美子のことだそうですね」

ママから切り出した。

「はい。石出淳二が訪ねてきたときのことは今教えていただきました。今度は、寿美子さんがこの山中温泉に来た頃の話をお伺いしたいのです。いつごろ、どういう理由で、こちらで働くようになったのですか」

「いいかしら」

ママはバッグから煙草《タバコ》を取り出した。

「寿美子が来たのは七年ぐらい前かしら。こおろぎ橋の欄干に手をついて川を見ていたの。その姿がとても絵になったの。三十は過ぎているようだったけど、色白のきれいな子だった。寂しい様子が気になって、つい声をかけたの」

ママは煙草を吸って煙を吐いた。

「カフェに誘って話をきいたら、山中節を聴いて、来たくなったと言っていたけど、ほんとうはあるひとのことを調べに来たと言っていたわ」

「誰を調べていたんでしょうか」

「彼女、東京で介護の仕事をしていたそうね。そのとき、介護をした清子というひとのことよ。六十年以上前にここに清子という女性がいなかったかを、商店街にいるご隠居や介護老人施設にも行ってききまわっていたようね」

「介護施設もあるのですか」

「ええ、ありますよ。私の母も入っています」

「寿美子さん、すぐあなたの店で働くようになったのですか」

「そうです。しばらく住んでみたいって言うから、うちで働きなさいよって」

「ここで働きながら、寿美子さんは清子さんのことを調べていたんですね」

「ええ。お店に来る年寄りのお客さんにもきいていたわ」

「それで、清子さんのことはわかったんでしょうか」

「ええ、わかったそうですよ。清子さんは六十年ぐらい前にこの土地で芸妓をしていたそうです」

「芸者さんですか」

「ええ、あの頃は芸者さんもたくさんいて華やかだったようです。その中でも、清子さんは美人で唄もうまくて売れっ子だったみたいね」

「いつごろまでここにいたのでしょうか」

「二十五歳のとき、客で来ていた男性と深い仲になって出ていったと教えてもらったと、寿美子が言っていたわ」

「相手の男性はわかっているのですか」

「金沢で商売をしているひとだったわ。平沢とか平沼とか、確か平の字がついていたと思うわ」

「平なんとかですね。ところで、清子さんのことがわかったのは、寿美子さんがやって来て、どのくらい経ってからなのでしょうか」

「一年ぐらいだったんじゃないかしら」

「清子さんのことがわかっても、寿美子さんはこの土地に住み続けたのですね」

「ええ。この土地が気に入ったみたい。それと山中節ね」

「山中節?」

「そう。『正調山中節』を覚えたいと、芸妓組合に行って芸妓といっしょに習っていたわ」

「そうなんですか」

清子が唄った山中節は寿美子に強烈な印象を残したようだ。

「五、六年じゃ、まだまだだけど、筋がよくてかなりうまくなっていたわ。ときたま、お店でもお客さんの前で披露していたもの。あんなに元気だったのに、どうしてこんなことになっちゃったのかしら」

ママは涙ぐんだ。

「寿美子さんから石出淳二という男の話を聞いたことはありませんでしたか」

「いいえ。彼女、介護施設で働いていたことは話したけど、それ以外のことは何も……」

ママは寿美子の死を悼むように瞼《まぶた》に手を当てた。


そろそろ、牧原蘭子や所長の柏田がやって来る時間だ。

京介は寝る前に外したネクタイを締め、上着を着て、執務机に向かった。

あのあと、京介は山中座の中にある山中温泉芸妓組合を訪れ、組合の事務の男性から昔の芸者衆の写真を見せてもらった。

セピア色に染まった白黒写真に勢揃《せいぞろ》いした芸者衆が写っている。昭和三十年（一九五五）の撮影だ。

その中の誰が清子かわからないが、この中に清子がいるのは間違いないようだった。

寿美子はなぜ、そんなに山中節に魅せられたのか。確かに、哀調を帯びた節廻しに京介も心を揺さぶられるが、自分でも唄えるようになりたいと思うのは、寿美子のどこかにそういう素地があったからであろう。

執務室のドアがノックと共に開いた。

蘭子が顔を出した。

「おはようございます」

「おはよう」

京介は応じる。

「ゆうべ、帰らなかったんですって」

蘭子は目を丸くしている。

「ええ。つい帰りそびれてしまいました」

「大変ね」

「別に苦じゃないから。それに、部屋に帰ったって待っている人間がいるわけではないし、どこで寝ようが同じだよ」

京介は苦笑し、

「君のようなひとが待っているなら、飛んで帰るけど」

と、冗談めかして言う。

「今度、待っていようかしら」

「えっ？」

京介はどぎまぎした。

「じゃあ、また」

蘭子は自分が口にした言葉の重みをまったく理解していないように出ていった。

そういう言葉を平気で口にするのも、やはり京介を異性として見ていないからかもしれない。

弾んだ心を自分でも持て余す。が、すぐ気を取り直し、事件を考えた。

芸妓組合で寿美子は、清子の相手が金沢で商売をやっていた平田《ひらた》という男で、当時、男が定宿にしていた旅館もわかった。現在は料理屋になっていたが、当時の女将《おかみ》がまだ存命で、客に書いてもらう宿帳を記念にとってあった。そこに、平田徳造《とくぞう》という名前が何度も書かれていたという。

石出清子と平田徳造は山中温泉で恋仲になり、やがて清子は山中を出ていったらしい。その後、平田徳造も山中温泉には来なくなった。

寿美子はそこまで調べて、清子に関する調べを止め、あとは山中節の習得に務めたようだ。

寿美子が山中温泉に住みついたわけがわかったあと、京介は寿美子の男性関係に関心を向けた。

内堀恭作が寿美子との関係を口にしていたが、本当はどうなのか。他に、親しくしている男はいなかったのか。

スナックのママは、内堀恭作と柿本麟太郎《かきもとりんたろう》のふたりがもっとも寿美子と親しかったと言う。そのうち内堀は寿美子をくどき、柿本は相談事に乗ってやっていたという。

山中温泉のスナックを訪ねた夜は金沢のビジネスホテルに泊まり、翌三月二日の朝早く、ひがし茶屋街にある伝統工芸品店『加賀工芸』を訪ねた。

寿美子の事件で話がききたいと言うと、若主人の柿本麟太郎はすぐに会ってくれた。茶屋街の近くにある喫茶店で、柿本と向き合った。注文したコーヒーが届くと、京介はさっそくきり出した。

「山中温泉にはよく行かれていたのですか」

「ええ。月に一度か二度ですかね。仲間とです」

四十前後と思える麟太郎は穏やかな顔を曇らせる。

「槙野寿美子さんが働いていたスナックには、いつも顔を出していたのですか」

「ええ。出しました」

「寿美子さんと親しくなさっていたそうですね」

「でも、男女の仲ではありませんが。私には妻がいますので」

「寿美子さんにはだれか好きな男性がいたのでしょうか」

「さあ、どうでしょうか」

「内堀恭作さんはどうだったんでしょう？」

「最初は熱心にくどいていたようですが、そのうち諦めたと思っていました」

柿本はコーヒーカップをつかんだ。

「内堀さんは、愛人のような関係だったと警察に話しているのですが」

「ほんとうにそうだったら、うまく付き合っていたんでしょうね。寿美子さんは、私には奥さんに迷惑をかけるのはいやだから、家庭のあるひととはそういう関係にならないと言っていましたが……」

柿本の声音は嫉妬混じりに聞こえる。

「柿本さんにはそう言いながら、陰で付き合っていたのでしょうか」

「確かに、内堀は渋い感じで、女に持てそうな男でしたが」

「内堀さんとの関係は誰も知らなかったのですね」

「知らなかったはずです。特に、最近は知り合いが出所してくると話していましたから」

「そんなことを話していたのですか」

「ええ。十三年間、服役した知り合いのことを、去年の十月ごろ話してくれました。いよいよ出所してくると」

「あなたは石出淳二のことを知っていたのですね」

「ええ」

柿本は苦しそうな表情になって、

「私はその話を聞いたとき、いやな感じがしたのです」

「いやな感じ？」

「十三年間、服役している男を待っているのは、よほどの深い関係だったからでしょう。そのことに不安を覚えたのです。彼女もその男に会わなければならないと思いつつ、会うのをためらっている節もありました」

「去年の十一月、石出淳二とこおろぎ橋で会うことになっていたそうです。でも、彼女は約束をすっぽかした」

「相談を受けたので、今回は会わないほうがいいとアドバイスをしたのです」

やはり、柿本の忠告があったとはいえ、寿美子は自分の意志で会わなかったのだ。

「しかし、会ったのですね」

「ええ。こんなことなら、会わせないようにすべきだったと後悔しています」

「石出淳二は犯行を否認しています」

「彼が出所しなければ、こんなことにならなかったのです」

京介はやっとコーヒーを口にし、十分に間をとってから、

「内堀恭作さんは、石出淳二のことを聞いていたのでしょうか」

「私にも話したんですから、聞いていたと思いますよ」

「寿美子さんは、十三年前の事件のことは話しましたか」

「いえ、詳しくは話しません」

「そうですか」

内堀恭作は、十三年前の事件を当時の新聞や週刊誌で調べたのだろうか。

「寿美子さんが山中温泉にやって来た理由をきいていますか」

「ええ。スナックのママからききました。介護をした婦人が山中節を唄っていたそうですね」

「ええ、その女性は石出清子さんといい、山中温泉で芸者をしていたそうです。六十年以上も前の話です。その女性の介護をし、最期を看取《みと》ったのが寿美子さんです」

京介は話し、

「清子さんは金沢で商売をしている平田徳造という男性と親しくなったらしいのです。平田という名前に心当たりはありませんか」

「いえ。どんな商売を？」

「わかりません」

「そうですか。おやじにもきいてみます」

柿本は京介の名刺を改めて手に取りながら言った。


おはようございます、という事務員の声が聞こえた。

所長の柏田が出勤してきたのだ。壁の時計は十時になろうとしていた。

東京に戻って、すぐ拘置所に行き、石出に祖母清子のことを訊ねた。しかし、彼は清子が山中温泉で芸妓をしていたことは知らなかった。

石出は、清子が山中節を唄ったことにも驚いていたのだ。寿美子が清子の山中節に魅せられて山中温泉に行ったことや、さらに山中節を習っていたことが理解出来ないようだった。

二度目の山中温泉行きでは、裏切られたことに逆上して石出が寿美子を殺害したという、起訴事実を覆す新たな証拠は見つからなかった。それどころか、寿美子が石出を避け、石出が寿美子を追いかけている姿が浮き彫りになった。

やはり、寿美子は石出から内堀恭作に気持ちが移ってしまったということか。ふたりが愛人関係にあったのなら、石出の立場はますます悪くなる。

そのことを確かめるためにも、内堀に会わなければならなかった。

3

三月二日。京介は柿本と別れ、ひがし茶屋街から本町にある内堀恭作の会社を訪ねた。大きなビルの七階にある、『北陸テクノ』というＩＴ企業であった。受付にはただパソコンが置いてあるだけで、その画面操作によって面会を申し込む。

画面に表示された案内に従い、京介は5番の応接室に入った。

十分ほど待たされて、鼻筋の通った渋い感じの男がやって来た。茶のスーツを着こなして、自信に満ちた態度で、

「内堀です」

と、挨拶する。

京介は思わず声を上げそうになった。だが息を呑《の》み、心を落ち着かせて、

「石出淳二の弁護人の鶴見と申します」

と、名刺を差し出した。

頭の中をさまざまな思いがかけめぐったが、深呼吸をして追い払い、京介はきいた。

「内堀さんは槇野寿美子さんとは親しいお付き合いをしていたそうですね」

「ええ」

「おふたりの関係をどなたか知っている方はいますか」

「いないはずです。私には家庭がありますから、彼女も気をつかって気づかれないように注意してくれていたので」

内堀は平然と答える。

「寿美子さんはあなたに、十三年前の事件のことを打ち明けたのでしょうか」

「打ち明けたというより、私が聞き出したんですよ。全部は話してくれませんでしたが、今刑務所にいる男性には恩義があるというようなことを言ってました」

寿美子がほんとうにそこまで話したかは確認のとりようがない。ただ、十三年前のことは、寿美子が話さない限りわからないことだ。

「寿美子さんは、あなたに妻子がいても平気だったのですか。つまり、愛人という身に不満を訴えなかったのですか」

「じつは……」

内堀は言いよどんで、

「彼女には店を持ちたいという望みがあったんです。私に出させようとしていました」

「店とは、スナックですか」

「小料理屋じゃないですか」

寿美子がそう考えていたとしても、不思議ではない。いつまでも山中温泉のスナックで働き続けようとは思っていなかったのかもしれない。

しかし、男に頼って店を持とうとする女性だったのかどうか、内堀の話からだけではわからない。

「事件の日、あなたは寿美子さんが東京に行くことを知っていたのですか」

「知っていました。恩人のところに行くと言ってましたから」

「あなたは、その日はどちらに？」

一拍の間があってから、

「東京です」

と、内堀は答えた。

「東京にいたのですか」

「ええ。仕事のことで」

「ちなみにどちらに？」

「神田です。そこに、人工知能を研究している会社がありましてね」

「その日は泊まったのですか」

「いえ、日帰りですよ。六時過ぎの新幹線で帰りました」

「どなたかとごいっしょでしたか」

「いえ。私ひとりです」

「社員の方はいっしょじゃなかったんですか」

「まだ、具体的な話し合いの段階ではありませんので」

内堀はふと不審げな顔で、

「私の行動が何か?」

と、きいた。

「いえ、内堀さんが東京に来ているなら、どうして寿美子さんといっしょに金沢に帰ろうとしなかったのかと思いましてね」

「ええ。あとから思えば、私が待っているべきだったと思います。彼女にそう言ったのですが、時間が読めないからと」

「彼女のほうが断ったのですか」

「そうです」

内堀は腕時計に目をやり、

「そろそろ会議がはじまりますので」

と、切り上げようとした。

そのとき、京介は抑えきれなくなって、

「内堀さんはどちらのご出身ですか」

と、口にしていた。

「…………」

「札幌ではありませんか」

「どうしてそう思うのですか」

内堀の目が鈍く光る。

「私が札幌なので」

「残念ですが、違います。もう行かないと」

内堀は立ち上がった。


電話が鳴って受話器を摑んだ。

「私だ。ちょっと来てくれないか」

「はい」

柏田に呼ばれ、京介は立ち上がった。

執務室に行くと、柏田は立ち上がって京介にソファーを勧めた。

「どうだね」

さっそく、柏田はきいた。石出淳二の件だ。

「まだ、攻め口が見つかっていません」

京介は正直に答えた。

「身代わりになったわけではないと否定していますが、寿美子さんとの恋愛関係は認めました。しかし別れ話にかっとなったという警察の主張を覆すだけの材料が見当たりません」

「うむ」

柏田は表情を曇らせ、

「じつは、きのう『八巻運輸』の配送課長だったひとと偶然、会ってね」

「川島真人の上司ですか」

「そうだ。そのひとが今になって打ち明けてくれたのだが、川島真人は問題のあるドライバーだったらしい」

「問題ですか」

「配達先でひとり暮らしの若い女性に目をつけ、乱暴目的で部屋に押し入ったことがあったらしい。そのときは住人に騒がれて被害はなかったそうだ。その女性は宅配便のドライバーに似ていたと管理人に言っていたそうだ。だが、証拠はなく、直接の被害もなかったので警察沙汰にはしなかった。ただ、管理人は『八巻運輸』にそのことを話したらしい。それで、課長は川島に問い質《ただ》したが、川島は否定したそうだ。同じような苦情がもう一件来ていて、川島には注意していたそうだ。そんなときに、川島が殺される事件が起きたので、そのことはあえて誰にも言わなかったという」

「なぜ、今になってそんなことを言い出したのでしょうか」

「先日、警察がやって来て十三年前のことをきいていったそうだ。それで、今のことを話したということだ」

「………」

「もちろん、そのことは立証出来ない。だが、検察は今では、川島真人殺しは槙野寿美子だという確信を強めている。身代わりで十三年の罪をかぶったのに、裏切られたので石出が寿美子を殺したという説の公訴事実に自信を深めたようだ」

「そうですか……」

ため息混じりに呟いて、京介は少し考えてから、

「私は、真犯人を内堀恭作と見ています」

と、はっきり口にした。

「弁護士が犯人を名指しするのか」

柏田は真犯人を暴いて依頼人の無罪を証明するやり方を邪道だと常々言っている。無罪であることを証明出来るに越したことはないが、弁護人がそこまでする必要はない。犯罪事実を立証するのは検察側の役目で、弁護人は検察側の立証の不備を突けばいい。しかも、今回は検察側の立証は完璧に見える。

まず、動機がある。裏切られた石出が寿美子を殺害した理由は誰もが理解出来るだろう。そして、犯行現場は石出の部屋だ。

石出以外に、寿美子を殺そうとする人間は今のところいない。検察側の立証に不備は見当たらない。もちろん細かい点ではいくつかある。

ひとつは、管理人に、叫ぶ声を聞いたと通報した人間が見つからないことだ。だが、関わりを恐れて名乗り出ない可能性もあり、決定的な疑点ではない。

京介は真犯人が石出に罪をなすりつけるために、管理人に通報したと思っているが、それを証明することは出来ない。

また、石出がコンビニから戻ったあと、通報を受けた管理人が石出の部屋に駆け込むまで、五分ぐらいなものだ。

あまりにも短かすぎるが、短時間での犯行も決して不可能ではない。こう考えると、弁護の壁はかなり高い。

真犯人を見つけ出すほうがまだチャンスがある。そして、京介が疑いの目を向けたのが内堀恭作だ。

「先生。真犯人を名指しする危険性は十分に承知しています。もし、間違っていたら人権蹂躙《じゅうりん》であり、弁護士としての資質を疑われかねません。でも、もし、私の考えが正しければ、真犯人を逃がしてしまうことになります」

京介は強く主張する。

「内堀恭作が真犯人だと疑うわけは？」

柏田が厳しい表情できいた。

「まず、寿美子との関係です。内堀は愛人関係だと言っています。確かにそうだったかもしれませんが、石出さんが出所することで、ふたりの関係にひびが入ったんじゃないでしょうか」

さらに続ける。

「内堀はわざわざ警察に現われ、十三年前の身代わりを示唆するようなことを話しているのです。わざと、石出に疑いを向けさせようと……」

「待ちたまえ」

柏田が制した。

「君の想像だけだ。思い込みに過ぎない」

「はい」

「思い込みこそ、冤罪《えんざい》を産む最大の要因ではないか。君はその過ちをおかそうとしている」

「でも、私は……」

京介は言いさした。

内堀恭作が犯人だと信じていますと言おうとして声を呑んだ。指摘されたように、思い込みに過ぎない。

「いいかね。弁護士は捜査官になってはだめだ。内堀を真犯人だと思い込めば、これから内堀に不利な証拠ばかりを集めるようになるだろう」

「……」

柏田の言うことはよくわかる。自分でもそう思うのだ。だが、内堀のある反応を見たとき、京介は寿美子を殺した犯人だと思った。札幌の出身ではないかと内堀に訊ねたとき、どうしてそう思うのかと、目を鈍く光らせてきき返してきた。

その瞬間、内堀は京介にとって疑惑の人間になった。だが、そのことを、柏田に話しても理解してもらえまい。

黙り込んだ京介に柏田は言う。

「真実はひとつだ。内堀のことを忘れ、石出の無実を証《あか》す証拠を探すのだ」

「はい」

頷かざるを得なかった。

京介は自分の部屋に戻った。

確かに、柏田の言うように思い込みかもしれない。だが、あの男が寿美子を殺したと京介は信じた。

内堀は札幌出身を否定したが、彼は自分が知っている嶋尾《しまお》恭作ではないか。京介はそう思ったのだ。苗字は違っているが、名前は同じだ。

十八年前のことだ。まだ中学生だった京介はよく福沢一樹《ふくざわかずき》という同級生の家に遊びに行った。福沢には波留美《はるみ》という高校生の姉がいた。髪が長く、清楚《せいそ》な美しい女性だった。中学生だった京介は福沢の家で彼の姉に会うのが楽しみだった。

ときたま波留美の彼氏が遊びに来ていて、鉢合わせをすることがあった。その彼氏が嶋尾恭作だった。

北大の学生で二十歳だった。細面で鼻は高く、額が広かった。いかにも頭がよさそうな感じだった。嫉妬めいた気持ちで見ていたので、顔を覚えている。

波留美は美人でやさしく、京介にも笑顔で接してくれた。憧れの女性だった。毎日波留美に会える福沢がうらやましかった。

その波留美が車の轢《ひ》き逃げに遭い、全身打撲で死んだのだ。

轢いた車は藻岩山《もいわやま》の麓に乗り捨ててあった。盗難車だった。警察は轢き逃げ事件として捜査したが、轢いた人間は見つからなかった。

だが、福沢は嶋尾恭作が殺したのだと言っていた。波留美に別の恋人が出来、嶋尾は振られたのだと。

それでも何度も波留美のところに現われ、縒《よ》りを戻そうとした。だが、波留美は聞く耳を持たなかった。

福沢の親も嶋尾を疑って、警察に訴えた。事件当夜、波留美は嶋尾に呼びつけられて出かけたのだ。嶋尾にはその時間のアリバイがない。

それなのに、警察の調べで疑いはないとされた。福沢の両親は嶋尾の父親が有力市会議員の後援会会長だったことを突き止め、議員を介して警察に何らかの圧力があったのではないかとマスコミに訴えた。

新聞もテレビも、マスコミはこぞって疑惑を報じた。やがて、嶋尾は大学を中退し、札幌を離れた。周囲の人間は逃げたのだと噂した。

それきり、嶋尾の行方はわからなかった。嶋尾の両親も兄弟も何も語らなかった。

嶋尾が姿を消したあと、波留美の両親に会いにきた新聞記者が話してくれたという。

波留美を轢き殺した盗難車のハンドルやドアノブから嶋尾の指紋が検出されていた。だが、警察は過去に嶋尾がその車に乗ったことがあったのだと決めつけた。たまたま、その車が盗難に遭い、事故を起こしたのだと見なした。

どうして、嶋尾がその車に乗ったのが過去のことだとわかるのかということについて警察から説明はなかった。

その記者は、嶋尾の父親が後援している市会議員は元県公安委員会の委員長であり、所轄署の署長とは昵懇《じっこん》の間柄だったと言った。

市会議員を介して捜査に圧力がかかったことは否定出来ないが、証拠がなく追及出来なかったと言った。さらに、新聞社のほうにも圧力がかかっていて、これ以上この件を追うことは出来なかった。

最後に、その記者はこう言ったのだ。

波留美さんを轢き逃げ事故に見せかけて殺したのは、嶋尾恭作に間違いないと。

嶋尾が内堀と名を変えた経緯は想像するしかないが、内堀が十八年振りに会う嶋尾であることは間違いなかった。

内堀は嶋尾が結婚した相手の苗字かもしれない。または嶋尾が札幌を離れたとき、内堀という人間の養子に入ったのかもしれないと想像した。

それで、金沢から東京に帰ってきた夜、京介は福沢に電話した。福沢一樹は姉を亡くしてめっきり気弱になった両親を残して東京に行くわけにはいかないと、地元の大学を出て、今は札幌の銀行に勤務している。

福沢が残業して帰った頃を見計らったので九時過ぎだった。

「夜分、遅くすまない」

京介は詫びてから、

「ちょっとききたいんだけど……」

少しためらったのは悲しい記憶を呼び起こすことになるからだ。しかし、京介は思い切って続けた。

「お姉さんの事件なんだ」

「姉の……」

微かに子どもの声が聞こえた。福沢は五年前に結婚し、すでに子どもがふたりいた。

「あの当時、一生懸命に事件を追ってくれた新聞記者がいたね」

「うむ。それがどうしたんだ？」

「じつは嶋尾恭作らしい男と出会ったんだ」

「嶋尾……」

福沢が息を呑むのがわかった。

「金沢にいる」

「間違いないのか」

「それが内堀と名乗っている。内堀恭作だ。でも、記憶にある顔と同じだ。内堀という家の養子になったのかもしれない」

「そうか」

「たぶん、あの市会議員か、後援会会長の知り合いではないかと思う。記者のひとに、その辺りのことを調べてもらえないかと思ってね」

「あのひとは今は社会部の部長だ。きっと調べてくれると思う」

そう言って、電話を切った翌三月三日の夜、さっそく福沢から電話があった。

「わかった。後援会会長の奥さんの知り合いで、内堀という子どものいない夫婦が江差《えさし》に住んでいた。それなりの謝礼を積んで養子縁組をしたそうだ」

「江差？」

「いや。籍を入れただけで、嶋尾は江差には住んでいない。東京に行ったらしいが、その後のことはわからなかったようだ」

「それにしても、よく一日でわかったな」

京介は感心して言う。

「じつは嶋尾が札幌を出たあと、記者は嶋尾の消息を追ったらしい。それで、市会議員の後援会のひとから、誰かの養子になったという話を聞いていた。そこで、嶋尾の戸籍を取り寄せた。江差に住む内堀夫婦の養子になっていたことがわかり、わざわざ江差に行ったそうだ。そしたら、嶋尾とは養子縁組をしただけで、いっしょには暮らしていないことがわかったということだ」

「そうか。そこまで確認していたのか」

京介は当時の若い新聞記者の顔を思いだしていた。

「会ってみたい。休暇ならいつでも取る」

福沢が言った。

「じつは、内堀恭作はある事件に関わっている可能性があるんだ。そのことがはっきりするまで待って欲しい」

もはや、波留美殺しを立証することは出来ないかもしれない。だが、寿美子殺しなら可能性がある。京介は気持ちを昂らせた。

4

四月十二日。京介は相変わらず、事務所の自分の机で、石出淳二にかかわる殺人被告事件について思いを巡らせている。

午前十一時に、民事事件の依頼人がやって来ることになっている。だが、きょうは外出の予定はなく、午後にもう一件、離婚訴訟の依頼人との打ち合わせが入っているだけだった。

十一時きっかりに依頼人がやって来た。金銭トラブルの被害者だった。友人に貸した一千万円が返してもらえないというものだ。

その相談が終わり、依頼者が帰ると、京介はまた事件に思いが向いた。内堀に疑いを向けたが、あくまでも京介の勘だけだ。証拠がない。その証拠を求めて、再度、東十条にある『第一総和マンション』に足を向けたのは、三月六日の夜のことだ。

管理人に断り、マンションのロビーに入れてもらい、エレベーターで五階に上がった。その部屋の前に立ち、腕時計の針が事件の夜、石出がコンビニに出かけた夜の七時三十五分になるのを待って、京介は動いた。

石出の行動を真似る。エレベーターで一階に降り、百メートル先にあるコンビニに向かった。石出がそうしたように急ぎ足になる。

コンビニに着いた。店内にはそこそこ客がいる。レジの前に客が三人並んでいた。当夜、石出はここで缶ビールや牛乳などを買ったのだ。

京介も缶ビールや牛乳、ヨーグルトを買い求めた。レジで会計を済ませ、ビニール袋に納められた品物を受け取り、コンビニの外に出た。

マンションに着いたとき、腕時計を見る。七時五十分だ。そろそろ管理人が引き上げる時間だ。

エレベーターで五階に上がった。部屋の前に辿り着いたのは五十二分。管理人室に電話がかかったのが七時五十五分だ。

管理人はすぐに五階の部屋に行った。所要時間は二分として五十七分。部屋に戻ったのが七時五十二分。管理人が到着したのが五十七分。石出が犯人なら五分間で犯行が行なわれたことになる。

別れ話を切り出され、逆上した石出が台所から包丁をとってきて刺す。その間、五分だ。短い。だが、可能だと言えば可能かもしれない。

このことから石出の犯行が不可能だということを証明は出来ない。また、京介はそのつもりで来たわけではなかった。

この同じ時間帯、内堀がどこかにいたはずなのだ。

京介は内堀の立場になって、当夜のことを再現してみる。

当夜、内堀は寿美子と石出のあとをつけて、このマンションまでやって来た。寿美子は東十条駅で石出と七時に待ち合わせている。

ふたりはマンションに入ったが、オートロックのため、内堀はエントランスに入れない。マンションの住人が出かけるとき、すれ違うようにして入った男がいたはずだ。

石出の部屋は一階にある郵便受けで調べたのであろう。郵便受けに石出と書いた貼紙がある。

そのとき、管理人はゴミの集積所と自転車置場を見廻りに行っていた。内堀は管理人室を覗いた。そのとき、管理人室の電話を目にしたのだろう。

内堀が五階に上がり、石出の部屋の様子を窺《うかが》っていると、ドアが開く音がして、急いで階段の踊り場に隠れる。

石出がエレベーターに乗って出かけたのを確かめ、内堀は石出の部屋に入った。そこに、寿美子がいた。

そこで、どんなやりとりがあったのか。殺すつもりではなかったのかもしれない。言い合いの末、逆上した内堀は目についた包丁で寿美子を突き刺し、台所で血に染まった手を洗い流し、部屋を飛びだした。

管理人は帰り支度をしていて窓口にはいなかった。マンションの外に出たとき、ちょうど石出がビニール袋を提げて帰ってきた。このとき、石出に罪をかぶせることが出来るかもしれないと、内堀は考えたのだろう。

コンビニの外に設置してある公衆電話から管理人室に電話をし、石出の部屋に行くように仕向けた。

北陸新幹線の最終は九時何分かにある。内堀はそれに乗って、金沢に戻った。

京介は椅子から立ち上がった。きょうは朝から青空が広がっている。外堀通りの車の流れを見ながら、石出のマンションに行ったときのことを思いだす。

内堀の行動を探ってみたが、自分の想像にほぼ間違いないと思った。だが、あくまでも想像だけだ。

柏田が言うように、内堀が真犯人だという思い込みからの妄想でしかない。

仮に、管理人室にかかった電話がコンビニの前からかけたものだとわかったとしても、それが内堀がかけたことにはならない。悲鳴を聞いた住人が関わりを恐れて、わざと外から電話をしたのかもしれない。

なにしろ、内堀には寿美子を殺害する動機がない。

京介は行き詰まっていた。

きのう第一回の公判前整理手続があり、検察官から出された「証明予定事実記載書」について、検察官から説明を受けた。

証明予定事実とは、裁判で証明しようとする犯罪事実であり、公判で検察官が行なう冒頭陳述と同じ内容である。

被告人の石出淳二は、平成二十九年一月三十日午後七時五十分ごろ、東京都北区東十条一丁目の自宅マンションにて部屋に置いてあった包丁で槙野寿美子の腹部、胸部を刺して……。

そういった犯罪事実が書かれていた。このことを証明するために、証拠書類と証拠物、証人の氏名及び住所、そして、証人が公判期日において供述すると思われる内容が開示されていた。

その証人の中に、十三年前の事件の捜査員の名があった。石出が無実の罪をかぶったことを証明しようというのだ。

警察にしてみれば、無実を主張する人間を有罪に持っていったのではなく、犯行を自白した人間を逮捕しただけという言い訳が可能だった。真実を見抜けなかったことへの批判はあるにしても、やむを得なかったという見方が大勢を占めているようだ。

しかし、京介は裁判長に対して、公訴事実を否認し、被告人は無罪であると主張して闘う姿勢を示した。

だが、京介には闘う材料がなかった。圧倒的に不利な状況だった。

十三年前の事件で無罪であることが、石出を苦しい立場に追い詰めていた。もちろん、石出は十三年前の事件を自分の犯行だと主張している。

今では警察は、石出が寿美子の身代わりになったと信じているようだ。そのことが、今回の事件の動機の中核になっていた。

柏田は邪道だと批判的だったが、京介の狙いは内堀だ。いや、内堀しかいないのが現実だった。

邪道であり、またもし間違っていたら弁護士としての自分を否定されかねない恐れを意識しながら、京介は内堀を追い詰めていくつもりだった。波留美を殺し、寿美子を殺したと、京介は信じていた。

内堀に関する手掛かりを求めて、拘置所に石出を訪ねたのは、三月七日であった。

石出は顔色が悪かった。

「どうかしましたか」

京介はきいた。

「最近、寿美子さんが夢に出てくるんです。何か訴えようとしているんです」

「何を訴えようとしているんでしょうか」

「わかりません。でも、夢を見る理由はわかっています」

「………」

「あの日、彼女は私に何かを訴えようとしていたのです。別れ話だと思いますが、訴えたかったのはその理由なんだと思います」

石出は苦しげな表情を見せ、

「あのとき、私は彼女の話を聞くのが怖くて、時間稼ぎにコンビニに行ったんです。別にビールを呑みたかったわけではありません」

「………」

石出が何に苦しんでいるのか、京介にはわかった。コンビニに行くために部屋を留守にしたことを後悔しているのだ。

「恐れず、そのまま話を聞くべきでした。そしたら、あんなことにはならなかったんです」

「石出さん。真犯人はあなたと寿美子さんのあとをつけて、あなたのマンションまで行ったのです。そして、あなたが外出した隙に、部屋に入り込んだんです」

「誰なんですか」

石出がきいた。

「寿美子さんと付き合っていた男です。寿美子さんから、具体的な話を聞いたことはありませんか」

「いえ」

「あなたは、寿美子さんに付き合っている男がいると感じていましたか」

「こおろぎ橋で二度もすっぽかされたとき、以前の彼女ではないと思いました。好きな男が出来たのだろうと想像出来ました。スナックのボーイにも話をききましたし。でも、それは仕方ないと自分に言い聞かせました。十三年の空白は大きいですから」

石出は俯いた。

「寿美子さんと再会したのは、あなたが山中温泉に出かけて三日目でしたか」

「はい。三日目に、やっとこおろぎ橋で会えました」

「そのときの彼女の様子は？」

「長い間ご苦労さまでしたと、心から言ってくれました。でも、抱き合って喜ぶようなことはありませんでした。彼女との間に見えない壁があると思いました」

「付き合っている男の存在でしょうか」

「ええ。だから、好きなひとがいるんだねとききました。伝統工芸品の店をやっている柿本さんだねと言うと、首を横に振りました」

「違うというのですね」

「そうです。では、誰なんだときいたら、気持ちの整理がつくまで待ってくれと」

「相手の男のことは何も言わなかったのですか」

「言いませんでした」

「内堀恭作という名を聞いたことは？」

「ありません。ひょっとして、そのひとが？」

「内堀恭作という男はそう言っています。寿美子さんと愛人関係にあったと」

石出は苦しそうな顔をして、

「そうですか」

と、頭を抱えた。

「だいじょうぶですか」

「はい」

石出は顔を上げ、

「彼女は内堀というひとと結婚するつもりだったのでしょうか」

「いえ。内堀には奥さんがいます。ですから愛人関係だと内堀は言っています」

「違う！」

石出がいきなり大声を出した。

「違います」

「違うって何がですか」

「彼女が、奥さんがいるひとと付き合うはずありません」

「どうして、そう思うのですか」

「彼女は自分で言ってました。柿本さんかときいたとき、首を横に振りました。そのあとで、柿本さんには奥さんがいると。奥さんがいるひとを好きにはならないと、はっきり言っていました」

「寿美子さんは、はっきりそう言ったのですね」

「そうです」

「では、寿美子さんに好きな男がいるとしたら、相手は独身ですね」

「そうです。彼女が嘘をつくはずはありません」

「独身の男……」

もし、そういう男がいたのなら、内堀の話は嘘ということになる。寿美子が独身の男と親しくなったことに嫉妬した内堀が……。

執務室のドアがノックされ、蘭子が顔を出した。

「お昼ですよ」

「もう、そんな時間か」

壁の時計に目をやると、十二時になるところだった。

「食事に行く時間がもったいないんじゃないですか」

「うむ」

京介は苦笑する。

「もし、よかったらこれ、食べません？」

そう言い、小さな紙袋を差し出した。

「これは？」

「私が作ってきたおにぎりです」

「………」

すぐには声が出なかった。

「いやじゃなければ」

「ありがとう、助かる」

弾んだ声が出た。

「じゃあ、今、お茶を淹れてきますね」

「いいよ。そこまでしてもらっちゃ」

「だって、難事件を解く仕事をしているんですもの。何かお手伝い出来たらいいんですけど、そうもいかないでしょう。だから、これぐらいは」

蘭子はにこりと笑い、嬉しそうに出ていった。

そして、お茶を淹れて持ってきてくれた。

「ありがとう」

「いいえ。だって、今度、お食事に誘っていただけるんでしょう」

「ええ、もちろん」

京介は思わず顔を綻ばせた。

蘭子が部屋を出ていったあとも、しばらくは浮き立つ気分でいたが、事件を思い出し、強風が吹き荒れたように楽しい思いは消し飛んだ。

寿美子に、内堀以外に男がいる可能性が出てきた。

波留美の場合と同じだと、思った。

波留美のときも、新たに恋人が出来て冷たくなった波留美に逆上し、嶋尾恭作は轢き逃げに偽装して殺した。

寿美子の場合も同じだ。愛人にしようとしていたが、彼女に恋人が出来た。そのことが許せなかったのではないか。

しかし、と考えを思い止《とど》まらせるものがあった。寿美子にそういう男がいたのなら、なぜ表に出てこないのか。

お互いに独身であれば隠す必要もない。いや、京介が知らないだけで、寿美子の周辺ではみな知っていたのだろうか。

その男も、寿美子を殺したのが石出淳二だと思っているのだろうか。あるいは内堀に疑いを向けているのか。

空腹を覚え、握り飯に手を伸ばした。海苔《のり》がたっぷりと巻いてある。中に、昆布の佃煮《つくだに》が入っていた。

食べながら、蘭子が作ってくれたものだと思うと、胸が熱くなってきた。

それにしても、蘭子はどういうつもりで握り飯を作ってくれたのか。京介の心の中で蘭子の存在が大きくなっていることに気づいた。

たちまち、三つあった握り飯を食べ終えた。茶を飲みながら、寿美子の人生へ思いが移った。

寿美子は山中温泉のスナックで七年間働いてきた。その間、いろいろな客と出会ったであろう。内堀もそのひとりだし、柿本もそうだ。

しかし、本命の男が客だとは限らない。山中温泉の商店街にある店の人間ということも考えられる。そうだとしたら、寿美子は仕合わせを摑みかかっていたことになる。

その仕合わせを奪ったのは石出ではない、内堀だ。

いずれにしろ、もう一度、山中温泉に行かねばならないと考えていたとき、札幌の福沢一樹から電話があったのだ。


福沢から電話があったのは、拘置所に石出を訪ねた三月七日の夜だった。

「その後、どうだ? どうしても、嶋尾らしい、その男に会いたいんだ」

電話に出たとたん、福沢は切り出した。

「なんだ、出し抜けに」

京介は驚いて言う。

「別の事件に絡んでいるから待てと、鶴見は言っていたが、あれから俺は毎日が落ち着かないんだ。会わせてくれ」

「会ってどうする?」

「もちろん、姉のことを問い詰める」

「素直に認めるはずはない」

「わかっている。それでもプレッシャーをかけることは出来る」

「プレッシャーか」

正面切ってぶつかったほうがいいかもしれない。プレッシャーを与えれば、何かボロを出すかもしれない。

「わかった。俺も内堀に会わなければと思っていたところだ。ただ、土日だと、内堀の会社も休みだ。自宅まで行かねばならない」

自宅には妻子がいる。妻子の前で、内堀と会うのは避けたかった。

「いや、平日でいい。有休をとって行く。ついでに東京で用事をひとつ済ますから」

福沢はもはやその気になっていた。

「よし。行くなら早いほうがいい。内堀恭作にアポをとってみる。ただし、俺は山中温泉に行かねばならないんだ」

「山中温泉?」

「千三百年の歴史を誇るという加賀温泉郷の中のひとつだ。そこで調べることがある。金沢のホテルで待ち合わせよう」

「いや。せっかくだ。そこに泊まろう」

こうして、三度目の山中温泉に向かったのは三月半ばのことだった。

5

三月十五日、京介は東京駅で福沢と待ち合わせ、北陸新幹線に乗った。福沢は東京にはきのうのうちに来て、知り合いの家に泊まったという。

中学生のときのやんちゃな男の子というイメージはなく、いかにも銀行マンらしく生真面目な雰囲気を醸しだしている。黒縁の眼鏡のせいもあるかもしれない。

「東京は久し振りだ」

福沢が車窓を見ながら言う。

「金沢は？」

「二度目だ。結婚前に、家内と行ったことがある。兼六園や武家屋敷に行った。だが、山中温泉ははじめてだ」

「鶴仙渓《かくせんけい》沿いに旅館が並んでいる、山間《やまあい》の温泉地だ」

「温泉も久し振りだ。久し振りに、鶴見とゆっくり出来るな」

福沢はあえて嶋尾こと内堀の話を避けているように感じられた。京介もあえて触れなかった。

金沢で特急に乗り換え、加賀温泉駅まで行き、そこから旅館の送迎バスで、『山中荘』に向かう。

途中、大聖寺川《だいしょうじがわ》を渡り、山中町に入る。

ゆげ街道を過ぎ、やがて緑の中にひっそりと佇む『山中荘』に着いた。

チェックインを済ませ、部屋に落ち着く。まだ、四時過ぎだ。

「よかったら、少し散策しないか」

茶を飲み終わって、京介が誘う。

「行こう」

福沢もすぐ立ち上がった。

フロントで地図をもらい、外に出る。

京介はかつて清子が住み、寿美子が住みついた土地をもっと知るべきではないかと思った。それで何かが見えてくるとは思えないが、寿美子のここでの暮らしを知る上で大事だと考えた。

旅館を出て五分ほど歩いて大聖寺川にかかる橋に出た。

「こおろぎ橋だ。総檜造りだ」

京介が説明する。

「ここから鶴仙渓に沿って黒谷橋《くろたにばし》までの遊歩道がある。その途中に、あやとりのようなS字を描いているあやとりはしがある。木のこおろぎ橋と対照的な鉄骨の橋だ」

「さすが、何度も来ているだけあって詳しいな」

「いや、パンフレットの受け売りだ。あやとりはしにはまだ行っていない。じつは、まだあまり知らないのだ」

京介は白状する。

「なんだ」

福沢は苦笑し、

「よし、そこに行ってみよう」

渓谷を左に眺めながら遊歩道をあやとりはしに向かう。

「鶴見はどうなんだ？」

カップルとすれ違ったあと、福沢がきいた。

「どうとは？」

「彼女だよ」

「…………」

蘭子の顔が脳裏を掠《かす》めた。

「おや、その顔つきでは、いるようだな」

「いや。まだ、彼女とかそういう仲では……」

「ほんとうに、気になる女性がいるのか」

福沢が驚いた顔を見せる。

「自分でもよくわからん。まあ、今はそんな話はいいよ」

「よし。あとで温泉に浸かりながらゆっくりきこう」

福沢は楽しみが出来たというふうに、にやついた。

緑の中を進むと紅紫色の鉄骨の橋に出た。

「なるほど、あやとりの輪のような橋だ」

福沢が橋を渡りながら言う。

一九九一年に出来たという。二十数年前だから、七年前に寿美子がやって来た頃には、すでにあったのだ。

そこから、山中座に向かった。

中に入ると、山中節の唄が流れていた。

清子が唄い、それに魅せられ、寿美子がこの地で習っていた唄だと思うと、また感慨深く心に染みた。

福沢は熱心に山中節の由来の説明を見て、流れてくる唄に聴き入っている。

「山中節か。いいものだ」

福沢が呟く。

「うちの柏田先生は小唄をやっていて、『山中しぐれ』という小唄があるんだそうだ。

その小唄のアンコに山中節が入っている。先生にとっては、あこがれの土地だそうだ」

「なるほどね。わかるような気がするな」

寿美子が介護をしていた年寄りが唄った山中節に魅せられて、この地に越して来たことを話したら、福沢はなんと言うだろうかと思った。

それから、商店街の洒落た店を眺めながら歩き、

「すまないが、先に帰っててくれないか。ひとと会ってくる」

「わかった。温泉に浸かっていよう」

福沢と別れ、京介はスナックに向かった。

ママとは約束をとりつけてあったので、五時にスナックの扉を押すと、着物姿のママが待っていた。

「すみません。たびたび」

京介は詫びた。

「いいえ、寿美子のことですもの」

この前と同じテーブルに着いて、

「先日、内堀さんが寿美子さんに言い寄っていたと伺いましたが、ふたりは愛人関係だったかどうかわかりますか」

「警察のひとからそのようなことを聞きましたが、私にはそうは思えませんでした。そ

れとも、店ではわざとよそよそしい素振りをしていたのかしら」

と首を傾げた。

「寿美子さんはお店を持ちたがっていた。そのことで内堀さんが援助するという約束だったということですが」

「ありえません」

「と、おっしゃいますと？」

「寿美子はいずれ介護施設で働くつもりだったのですから」

「介護施設？」

「ええ。広島でと言ってました」

内堀の話と食い違っている。

「それはいつごろ話していたのでしょうか」

「半年ぐらい前かしら」

「半年前？　それ以前はそんな話は？」

「してなかったわ」

「寿美子さんに恋人がいたかどうかわかりませんか」

「恋人？　いえ」

また首を傾げ、

「特定の彼氏はいなかったと思うけど」

「客には独身の男性もいましたよね」

「ええ、もちろん」

「その中で、特に親しくしていた男性は？」

「誰とでも分け隔てなく付き合っていましたよ」

「周囲に隠してうまく付き合っていたということは？」

「さあ。恋人がいれば、雰囲気でわかります。お店を休むことも遅刻してくることもありませんでした。彼女、意外と堅かったですからね。それに、彼女の部屋で遺品の整理をしましたが、それを匂わすようなものはありませんでした」

ママは若いボーイを呼び、

「寿美子に恋人なんていなかったわよね」

「ええ。いないはずです。一度、冗談まじりにきいたら、私は男を断っているのって言ってました」

「男を断っている、ですか」

「ええ。これからもずっとですかってきいたら、わからないって笑ってました」

「内堀さんとはどうですか」

「寿美子さんは、奥さんのいるひとは対象外って言ってましたよ」

「そうですか」

やはり、寿美子はその点ははっきりしていたようだ。

そう思ったとき、はっと気づいた。もしかしたら、内堀は、寿美子には妻とは離婚することになっていると嘘をついていたのではないか。いずれ離婚するならと、寿美子は内堀との関係を深めていったとは考えられないか。

寿美子は内堀が離婚すると信じて付き合ってきた。だが、それが嘘だと知り、内堀と別れようとした……。


卓上の電話が鳴り、事務員が依頼人がやって来たことを知らせた。

離婚のトラブルで妻に訴えられた男性がやって来たのだ。妻の不倫がもとで離婚に発展したが、一方的に離婚を宣告されたから慰謝料を払えと訴えられたのだという。

執務室に通し、依頼人と一時間近く話し合った。

依頼人が引き上げてから、京介はまた事件に思いを馳せた。

スナックのママやボーイの話からも、寿美子に恋人がいた形跡はなかった。ママは寿美子の姉のような存在で、いろいろ相談に乗っていたらしい。だから、寿美子のことはママが一番よく知っているということだった。

念のため、商店街のどこかの店主と深い関係になったとは考えられないかときいたが、それはないときっぱりとママは言った。

ただ、内堀が離婚を口実に寿美子を口説いた可能性は、やはり否定できなかった。その内堀と会う前に、京介と福沢は温泉に浸かりながら、しみじみと波留美の思い出に浸った。


「お姉さんは俺には憧れのひとだった」

岩風呂に浸かりながら、京介は中学時代を振り返った。すぐ傍《そば》が崖になっていて大聖寺川が流れている。

木々の合間から月が見えた。

「俺も大好きな姉だった。やさしくて美人で……」

福沢は湯をすくって顔にかけた。涙を隠したようだ。

「俺にもいつもやさしくしてくれた。一度、オムレツを作ってくれた。おいしかったな」

「姉が死んだあと、おやじもおふくろも魂を奪われたようになって、あのまま死んでしまうんじゃないかと思った。俺がいたから両親は踏ん張ったけど、俺を育てる必要がなかったら、おやじは嶋尾を殺して自分も死んでいたと思う」

「おやじさんも嶋尾が殺したと思っていたんだな」

「そうだ。姉はあの日、嶋尾に呼び出されたんだ。おやじは行くなと止めた。でも、ちゃんと話をつけてくると」

福沢は今度は怒りで顔を紅潮させた。

「警察なんて頼りにならないって、おやじは嘆いていた。市会議員が手をまわして」

「刑事訴訟法が改正されて、殺人の時効は撤廃されたが、今となっては犯罪を立証することは出来まい。おそらく、嶋尾の犯行を疑わせるような証拠は警察に処分されているはずだ」

「おやじは、姉の位牌《いはい》に向かって、犯人を見つけ出せなくてすまなかったっていつも謝っているんだ。俺もそうだ。姉ちゃん、嶋尾を罰せられなかった、許してくれって、俺もいつも謝っている」

波留美殺しの犯人は永久に裁くことが出来ない。あの世で、波留美はどんな無念の思いでいるのだろうか。

「明日、嶋尾に会っても何も変わらないのはわかっている。でも、あの男の良心に訴えたいのだ」

福沢は息巻いた。

温泉を出て、食事処で夕食をとり、ビールを呑みながら、福沢は話題を変えた。

「鶴見。気になる女性の話をきかせてくれ」

「なんだ、覚えていたのか」

「もちろんだ。さあ」

とビールを勧める。

グラスを差し出す。

「どんな女性だ？」

「弁護士だ。同じ事務所にいる」

酔いも手伝って、京介は口にした。

「美人か」

「ああ」

思わず、顔が綻ぶ。

「告白したのか」

「とんでもない」

「とんでもない？　じゃあ、アタックもしていないのか」

「じつはそうなんだ」

「なんだ、情けない」

「俺のことをどう見ているのかわからないんだ。兄のように、あるいは事務所の先輩として好意を持ってくれているだけかもしれないんだ」

「情けない」

福沢は呆《あき》れたように言う。

「ともかく、食事に誘え」

「誘ったら来ると思うけど、それは先輩の誘いだから……」

「先輩だからったって、いやなら来るものか」

「しかし」

「しかしも何もない。当たって砕けろだ」

福沢の奥さんは同じ銀行に勤めていて、行内一の美人と謳《うた》われた女性だった。何度も断られたが、それでもめげずにアタックしたのだという。

それはストーカーまがいではないかと、京介は言ったことがある。はっきり断られたら諦めるつもりだった。でも、向こうもそこまでぴしゃっと断らなかったのは迷っていたからだ。福沢はそう返した。

「いいか。帰ったら、誘え。いいな」

福沢は熱心に言った。

また電話が鳴って、京介ははっと我に返った。

弁護士会の事務局からで、来週に行なわれる人権擁護委員会の会合の出欠確認だった。

出席すると答えて電話を切った。

山中温泉で、福沢に発破《はっぱ》を掛けられたが、その後、蘭子と顔を合わせるたびに、食事に誘おうと喉まで声が出かかるが、なかなか言いだせなかった。

ところが、ゆうべは夕食にハンバーガーを買ってきてくれ、きょうは昼食に握り飯を作ってきてくれた。そして、蘭子のほうから、食事に誘ってと言ってきた。

これはいいことか、それとも……。やはり蘭子は鶴見を男として見ていないのだろうか。

女性とのことになると、京介はどうしてもマイナス思考になる。

しかし、仕事に対しては違う。敵に果敢に向かっていく。あの翌日、いよいよ福沢と内堀こと嶋尾が対峙《たいじ》したのだ。

山中温泉を出て、十時前には金沢駅に着いていた。そこから、歩いて、内堀の会社まで行った。

パソコンの画面だけの受付で面会の申入れをし、前回と同じ5番の応接室に入った。

十分ほどして、内堀恭作がやって来た。

福沢の顔を見て、内堀は怪訝《けげん》そうな顔をした。

「あなたは？」

「内堀さん。福沢波留美さんの弟の一樹です」

鶴見が引き合わせた。

内堀の顔色が変わった。

「鶴見さん。どういうことですか。例の事件のことで来たのではないんですか。これでは話が違いますね」

「申し訳ありません」

京介は謝る。

「では、なかったことにしましょう。お帰りください」

内堀が出ていこうとした。

「嶋尾さん。待ってください」

ドアノブに手をかけたまま、内堀は固まったように動かなかった。

「内堀さん。すみません。どうか、お話だけでも」

京介は訴える。

内堀が振り返った。そして、開き直ったように向かいに腰を下ろした。

「君たちは何か誤解しているようだ」

「誤解とおっしゃいますと？」

京介がきき返す。

「波留美さんの事故と俺は何の関係もない」

「では、なぜ、札幌から逃げたのですか」

「中傷を浴びせられたからだ。ありもしないことを追及されるのが煩わしくなった」

「あの夜、波留美さんはあなたに会うと言って家を出たんです」

「俺は知らないね」

「轢き逃げした車にあなたの指紋が残っていたようですね。なのに、あなたは事件と関わりないとされた。なぜ、ですか」

京介が核心をつく。

「………」

「あんたが盗難車を運転していたんだ」

福沢が口をはさんだ。

「おかしなことを言うね。警察が調べて違うことを明らかにした。警察の報告を聞いていなかったのか」

内堀が憤然という。

「あんたの父親は有力市会議員の後援会会長をしていた。元県公安委員会の委員だった議員が警察に圧力をかけたんだ」

「そんな出鱈目《でたらめ》をよく言うものだ。それなら、証拠を見せることだ」

「市会議員の圧力で……」

「そんな出鱈目を誰が信じるのだ」

「あんたが殺したと思っている人間はたくさんいる」

「気に入らない人間は、罪をでっち上げて追い込んでいくのか」

内堀が口許を歪める。

「内堀さん。あなたはほんとうに波留美さんを殺していないのですね」

京介は確かめるようにきいた。

「当たり前だ。なぜ、殺さなければならないのだ?」

「波留美さんに新しい彼氏が出来て、あなたに冷たくなったからです」

「ばかばかしい」

「寿美子さんの場合もそうです」

「何が言いたい?」

内堀は目を細め、京介を睨《にら》みすえた。

「寿美子さんは奥さんのいる男とは付き合わなかったそうです。あなたは、妻とは離婚すると言って寿美子さんに迫ったんじゃないですか。だけど、いつまで経っても離婚しないことから、あなたの嘘がわかった。それで、寿美子さんから別れ話が持ち出された……」

「ばかばかしい。俺たちは愛し合っていたんだ。それを邪魔したのが石出だ。もういい、こんな話をしても無駄だ」

内堀は立ち上がった。

「逃げるのですか」

「逃げる？　理不尽な仕打ちにはこうするしかない」

「もし、警察が東十条の石出淳二のマンション周辺を捜索すれば、あなたがいた痕跡が見つかるかもしれません」

「何を言うか。ばかばかしい」

内堀は見下ろして、

「いいかね。これ以上、あることないこと言うなら、名誉棄損、あるいは弁護士会の人権救済センターに訴える。いいのか」

「かまいません。訴えてくれたら、警察だって私の言うことを調べてくれるかもしれません。石出淳二のマンション近くにあったコンビニ前の公衆電話から、あなたが管理人室に電話をしたことが明らかになるかもしれませんから」

「………」

「内堀さん。あなたは寿美子さんを殺し、その罪を石出淳二になすりつけた。過去には、波留美さんを殺している」

「あんたはほんとうに弁護士か」

「そうです。石出淳二の弁護人です」

「弁護士が自分の依頼人を無実にするために、無辜《むこ》の人間を罪に陥れる。そんなことが許されるのか」

「あなたは殺《や》っている」

京介は決めつけた。

「そうか。わかった。こっちも弁護士を立てて闘う」

「いいでしょう。受けて立ちます」

「その弁護士バッジ、二度と付けられないようにしてやる。覚悟をしておけ」

「望むところです」

京介は強気に言った。

内堀は乱暴に戸を開けて出ていった。

福沢が目を見開いていた。

「だいじょうぶか。かなり強引だったが……」

「これしか手がないんだ」

京介は絞り出すように言った。

喉がからからになって、京介は立ち上がった。

執務室を出て、給湯室に行き、茶を淹れた。

机に戻って、茶を飲みながら、内堀恭作のことを考えた。内堀は必ず何かしかけてくるだろう。

これしか手がないんだ。福沢に言ったことは本音だ。内堀が京介を潰しにかかってくる。そのときに活路が見出せるかもしれない。

しかし、もし失敗したら、京介は致命的な痛手をこうむるだろう。内堀が言うように、自分の依頼人を無実にするために、無辜の人間を罪に陥れようとしたと判断されたら、二度と弁護士バッジを付けることは出来なくなる。

あれから、一カ月経ったが、まだ内堀の動きはなかった。

第三章　行き詰まり

1

四月十三日。

京介は十時前に事務所に着いた。

事務員が淹れてくれたコーヒーを飲んでいると、蘭子が顔を出した。

「おはようございます」

「おはよう」

「昨日は帰ったんですね」

昨夜は自分の部屋に帰って、ぐっすり寝た。

「うん。ベッドでゆっくり寝た」

「そう。よかった」

「えっ？」

「だって、事務所のソファーで寝たんじゃ疲れがとれないでしょう」

蘭子の声が胸に響く。

「ありがとう」

「いいえ。じゃあ」

「あっ、食事だけど……今度の土曜日はどうかな」

「うれしい。だいじょうぶです」

「じゃあ、土曜日で。何食べたいか考えておいて」

「はい」

蘭子は弾んだ返事をして自分の部屋に戻っていった。

福沢とともに内堀と会ったのが三月十六日、あれから一カ月になろうとしている。だが、あれほど怒りを露《あらわ》にした内堀だが、いまだに行動を起こしていない。

たとえば名誉棄損で訴えてきてもいい。弁護士会へ訴えてもいい。そうなれば、当然、京介は事情をきかれる。その際に、内堀の疑惑を明らかにすることが出来る。それによリ、内堀への疑惑を印象づけることが出来る。その上で、石出の裁判で、内堀を証人尋問する。そういうシナリオを考えたのだが……。

京介はもう一度、検察側の「証明予定事実記載書」を開いた。一昨日の地裁の小会議室で行なわれた第一回の公判前整理手続で、検察側は争点となる犯罪事実、すなわち石出淳二が包丁で槙野寿美子の胸と腹を刺したという犯罪事実をどのような証拠で証明していくかを示した。これに対して、弁護側も次回までに、「予定弁論書」を作成し、犯罪事実にどのような証拠で反論するか、示さなければならなかった。

検察側は、石出の犯行を証明するために、十三年前の事件を担当した警察官や山中温泉のスナックのママ、『第一総和マンション』の管理人、そして内堀恭作を証人申請した。

十三年前の事件を担当した警察官からは、石出が寿美子の身代わりで十三年間も服役したことを語らせ、スナックのママからは石出が訪ねてきたけれど、寿美子は、会うのを避けていたと証言させる。内堀恭作からは自分と愛人関係にあったから、寿美子は石出とは別れるつもりでいたことを証明させるのだ。

これに対して、石出が身代わりで服役したことを否定し、空き巣に入った川島真人を殺したと主張しても、信憑性《しんぴょうせい》に問題があった。そして、こおろぎ橋での待ち合わせを、寿美子が二度すっぽかしたのも事実だ。

その上で、犯行現場が石出の部屋となれば、検察側の主張がまさに真実のように見える。これを個々に打ち砕くのは難しい。

検察側の立証の不備を突くという弁護が通用しないことは最初から明らかに思える。京介が打てる手は、真犯人を名指しして被告人の無実を訴える以外にない。だから、内堀恭作の犯行であることを証明しようとした。

しかし、これには大きなハードルがあった。弁護士とはいえ、捜査権のない一民間人が真犯人を見つけ出すことが出来るかという点だ。

つまり、京介が内堀を犯人だと名指ししても、信用してもらえるかということだ。京介は冤罪と闘ってきた弁護士だ。

そんな弁護士が真犯人を名指しする。その行為が正当と思われるだろうか。それこそ、冤罪を産み出す要因ではないか。

当然、相手はそこを突いてくるだろう。

どういう弁護を行なうかを書いた予定弁論書は、二週間後に開かれる第二回の公判前整理手続までに作成しなければならない。

そこに、真犯人が別にいることを訴えて弁護をするしかない。そういう弁護をするには、どういう手続を踏めばいいのか。

内堀が真犯人である可能性を予定弁論書に記した場合、受け入れられるだろうか。受け入れられたら、検察はもう一度警察に、内堀が犯人でないことを証明するための捜査を要請するだろうか。いや、そうせざるを得まい。京介の仮説に沿った捜査をして、内堀に疑いが向くような証拠が見つかるかもしれない。たとえば、コンビニ前の公衆電話から管理人室に電話をかけていた内堀を見ていた人間が見つかる……。

しかし、京介はそんなにうまくいくはずはないと思っている。仮に、コンビニ前の公衆電話を使っている男が目撃されていても、それが内堀だと証明することは出来ないだろう。

ただ、京介が期待しているのは事件後の最終の新幹線だ。内堀はそれに乗ったはずだ。その最終の乗客の中に、内堀を知っている人間が乗っていなかったか。そのことを、調べさせることが出来るかもしれない。

内堀が最終の新幹線に乗っていたことが明らかになっても、内堀が犯人だという証拠にはならない。だが、可能性は指摘出来る。

ようするに、裁判で内堀が犯人かもしれないと裁判員に思わせればいいのだ。そういう弁護をするしかない。

予定弁論書を認《したた》めるにあたり、京介はそのような弁護が妥当かどうか、改めて考えた。邪道か。弁護士として真っ当な弁護を放棄していることになるのか。それとも、こういう弁護もあり得るのか。

迷った末に、京介は受話器を摑んだ。

「はい。柏田だ」

「鶴見です。ご相談があるのですが、今よろしいでしょうか」

「来たまえ」

「はい」

受話器を置いて、京介は立ち上がった。

柏田の執務室の前で、深呼吸をする。

「失礼します」

京介は部屋に入る。

柏田は京介の顔を見て、

「込み入った話だな」

と察し、立ち上がった。

「そこに」

ソファーを指し示す。

テーブルをはさんで向かい合ってから、

「予定弁論書を書くことで、少し迷っています」

と、京介は切り出した。

「検察官の証明予定事実記載書を検討しましたが、私から見てもほぼ完璧のような気がしました」

「完璧なものがあるのか」

柏田は反論した。

「もっとも大きな部分を占める動機が決定的です。十三年前の事件で石出淳二が身代わりになったことがほぼ証明された形になっています」

空き巣に入った川島真人を、たまたま会社を抜け出して家に帰った石出が見つけ、揉み合いになって殺したという当時の供述は不自然だった。

今回検察は、寿美子が訪問介護に訪れていた石出の家に川島が押し入り、寿美子に襲いかかった。川島にはそういう前歴があった。川島を殺した寿美子が石出に連絡をし、それで、石出は会社を抜け出して帰宅した、とみている。

この件に関して、石出は嘘をついている。動機となる核の部分だから石出はそう主張しているのだろうが、客観的にも石出に不利であることは言うまでもない。

「さらに、石出自身が、寿美子が別れ話をするためにマンションまでやって来たのではないかと話しているのです。十三年間身代わりになってようやく出所した石出を待っていたのが、寿美子の裏切り。そう考えると石出の犯行を誰も疑いはしません」

京介は続ける。

「犯罪事実を立証するのは検察側の役目で、弁護人は検察側の立証の不備を突けばいい。このことは十分に理解しています。でも、検察側の立証に付け入る余地はないのです。石出の無実を証明するには、やはり真犯人を見つけなければ無理です」

厳しい表情で聞いている柏田に、

「先生」

と、京介は身を乗り出した。

「真犯人は内堀恭作です。このことを以《もっ》て弁護に当たりたいのです。先生のお考えをお聞かせください。いえ、先生は反対だということはわかっています。それでも私が強引にそのような弁護をすることをどう思われるのか……」

「君が内堀を真犯人だと決めつける、もっとも大きな理由はなんだね」

「寿美子と関係があったかもしれませんが、別れ話が出ていたに違いありません。ふたりの関係は終わっていたのです」

「どうして、それがわかるのだ？」

「半年ほど前から、寿美子はいつかは広島に帰って介護の仕事をしたいと言っていたそうです。内堀の世話で、小料理屋をやるという話は誰も知りません」

「ふたりだけの秘密だったとも考えられる」

「しかし、内堀はわざわざ警察に名乗り出ているのです。十三年前の事件と結びつけさせるために」

「客観的な証拠があるのか」

「ありません」

「君の勘だけだ」

柏田は諭すように、

「もし、このケースで、君が内堀の弁護人だったら、今のことだけで警察が内堀を逮捕するのは不当だと抗議するのではないか」

「……………」

「私は真実は神のみぞ知るという前提に立っている。真犯人だと疑っていても、その被告人の弁護をするのかときかれることがある。真実は神のみぞ知る。それを前提として、どんなに疑わしい人間でも無実を訴えていたら無実の弁護をする。それが私の弁護士としての姿勢だ」

「……………」

確かに、理解出来る。その考えを初めて聞いたとき、京介は感銘を受けた。

被告人が有罪だと思ったら、罪を認めるように説得し、情状酌量の弁護をする。それが聞き入れられないときは、弁護人を下りる。そう主張する弁護士もいたが、それに対して柏田は、有罪か無罪か、弁護人が判断出来ることではないと批判した。

今まで、京介は柏田の意見を胸に刻んできた。犯人か犯人でないか、一介の弁護士が決められるわけはない。

それを信じてきた。しかし、今は柏田の考えに反発を覚えた。

「先生。もし、真実は神のみぞ知るということでしたら、警察の捜査も当てにならないということになりませんか」

「そうだ。だから、弁護人がいるのだ」

「しかし、少なくとも、真犯人は真実を知っているのです。真実を知っているのは神ではなく、真犯人ではありませんか」

「その真犯人は犯罪を隠している。第三者が真犯人かそうではないか、見極めることは出来ない」

「出来ます。内堀の場合は可能です」

柏田は首を僅かに傾げ、

「君は内堀と何かあったのか」

と、きいた。

「いえ……」

波留美殺しの疑いを話せば、その先入観から内堀を犯人だと思い込んでしまっているのだと言われかねない。

「ともかく、真犯人を名指しして被告人を無罪に持っていこうとするのは邪道であり、正しい弁護のやり方ではない」

「でも、真犯人だということがはっきりしていて、かつそれでしか被告人を救い出す方法がないなら、許されるのではありませんか」

京介は食い下がる。

「その前提が成り立たないのだ。君は思い込みが激しい。真犯人だとはっきりしていると思うのは君だけだ。君は弁護士のくせに新たな冤罪を作り出そうとしている。そして、もうひとつ」

柏田は続ける。

「それでしか被告人を救い出す方法がないというが、なぜそう決めつけるのだ。何か見逃していることがあるのではないか」

「………」

「君は、検察側の立証に付け入る余地はないと言った。ということは、石出が真犯人で間違いないということにならないか」

京介ははっとした。

「逆にきこう。石出が無実だとする根拠は何だ？　なぜ、石出が無実だと考えたのだ？」

「本人が否定しています」

「内堀も否定しているのではないか」

「………」

「どうして、石出がやってないと言えるのだ？」

「先生が無実だと考える人が、罪を犯すはずはないと思いまして」

「そんなことで無実を信じたのか」

「………」

「石出が真犯人の可能性はないのか」

柏田は身を乗り出すように、

「君は今度の件では先入観にとらわれすぎている。石出は十三年も刑務所にいた人間だ。見掛けより、ふてぶてしいかもしれない。弁護士を騙《だま》すのは簡単だと舌を出しているとは思わないか」

「石出さんはそんなひとじゃ……」

「どうしてそう思うのだ？　石出が寿美子を殺した犯人だと疑ったことはないのか。十三年前、石出は川島を殺したと言っているのだ。今度もまた、寿美子を殺したかもしれないと、どうして考えないのだ？」

京介は言葉に詰まった。

「石出を無実だと信じるのも内堀を真犯人だと決めつけるのも、同じように思い込みからではないのか」

「………」

京介は言い返せなかった。確かに、石出のことは端《はな》から無実だと信じていた。十三年前に柏田が弁護をした人間であり、柏田が無実と思っていた人間だからだろう。石出は罪を犯すような人間ではないと、いつしか心に刷り込まれていたのかもしれない。

さらには、内堀の出すぎたと思える行動に不審を抱き、かつて波留美を殺した犯人だと疑っていた嶋尾と同一人物だったことから、寿美子殺しも内堀の仕業だと思い込んでしまった……。

京介はこれほど自分は状況や雰囲気に影響されてしまう人間だったのかと愕然とした。

「いいかね。検察側の立証の不備を突いて弁護をするという原点に立ち返り、何度でも事件を振り返るのだ。もし、石出が無実であれば検察側の立証に微かでもひび割れのような不備が見つかるはずだ。もし、それが見つからないとなれば、石出が無実である可能性に疑問を投げ掛けるべきかもしれない」

執務机の電話が鳴って、柏田は立ち上がった。

「はい。そうです。ああ、どうもその節は」

京介は静かに柏田の執務室を出た。激しく打ちのめされていた。

2

翌十四日の昼過ぎ。京介は東京拘置所に行き、石出と接見した。

アクリルボードの仕切りをはさんで向かい合う。

「ちょっと幾つか確かめたいことがありまして」

京介は切り出した。

「もう、何度も同じことを繰り返してきいていますが、十三年前の事件で、あなたは寿美子さんの身代わりで罪をかぶったわけではないのですね」

「違います」

京介は、石出の表情の動きを見逃さないように凝視した。

石出は京介の目を見つめてはっきりとした声で答えた。その点では何ら動じることのない潔さを感じたが、答えたあとで、さりげなく京介の視線を逃れるように俯いた。

「寿美子さんはあなたが刑務所を出所してくるのを待っていると約束したのですね」

「はい」

「あなたは、出所したら寿美子さんと結婚するつもりだったのですか」

「わかりません」

「わからないというのは、そういう約束があったかどうかですか。それとも、自分の気持ちですか」

「十三年は長い。ですから、自分を彼女がずっと待っていてくれるとは思えませんでした」

「でも、あなたは待っていて欲しかったのですね」

「はい。でも、出所したあとに山中温泉に行ったとき、彼女は待ち合わせの約束を破りました。そのとき、私は彼女が私と一緒になる気はないのだと感じました。でも、はっきり、彼女の口からそのことを聞きたかったのです」

「あなたと別れるつもりだったのに、どうして彼女はあなたの出所を待っていたのでしょうか」

京介は疑問を投げ掛ける。

「あなたと別れるつもりなら、手紙でそう書き、居場所も教えなければあなたは探し出せないかもしれなかった。でも、彼女はそうしなかった」

「……………」

「彼女はあなたに会おうとした。出所を待っていた」

「別れをじかに言いたかったのでしょう」

石出の顔に悲哀が滲《にじ》む。

「なぜ、でしょうか。あなたに対してはそうしなければならない理由があったからではないんですか」

「……………」

「彼女にはそうしなければならない負い目があった。だから、一方的な行動がとれなかった。そういうことではないのですか」

「違います。彼女のやさしさからです」

「山中温泉のこおろぎ橋に彼女が来なかったとき、あなたは彼女のことをどう思ったのですか」

「どうも思いません。ただ、十三年の重みを感じました。ひとの心は変わるものです。ただ、このまま会わないで済ませるのは、気持ちに踏ん切りがつきません。だから、会って話がききたいと思ったんです」

「寿美子さんは将来、介護の仕事をしたかったそうです。聞きましたか」

「いえ」

「寿美子さんは東十条までやって来ましたが、あなたがマンションに誘ったのですか」

「いえ。彼女が東京に行く用事があるから、マンションに行くと。そのとき、ちゃんとお話をすると。それで駅で待ち合わせました」

「東京に行く用事とは何だったのでしょうか」

「祖母のお墓参りに行ってくれたそうです。その帰りに、私のマンションに寄ったのです」

「あなたといっしょではなく、ひとりでですか」

「そうです」

「あなたはどこまで彼女の話を聞いたのですか」

「最初は祖母の思い出話です。おっしゃるように、祖母が唄う山中節に魅せられて山中温泉に行ったそうです」

「あなたは山中節を聴いたことはないんですね」

「ありません。祖母が唄いだしたのは認知症がかなり進んだときだそうです。ですから、祖母に何という唄かときいても、答えてくれなかったと言ってました」

「そうですか。でも、なぜ、そんなに魅せられたんでしょうね」

「とてもうまかったそうです。本格的な唄だったのでびっくりしたと。きっと、どこかで本格的に習っていたに違いないと。それで調べたら、山中温泉の山中節だとわかったということでした」

「清子さんが亡くなったあと、いったん故郷の広島に帰り、半年後に山中温泉に行ったんですね。その当初は、山中温泉であなたを待つつもりだったんでしょうね」

「手紙ではそのようなことが書いてありました。でも、だんだん、手紙の来る間隔も長くなり、文面も短くなって、彼女の気持ちの変化を感じ取っていました」

石出はため息をついた。

ここまでの流れでは検察側の立証を覆すものはなにもない。

あとはマンションでの出来事だが、石出はコンビニの行き帰りに、内堀らしき男を見ていないのだ。

京介は改めて事件を振り返り、なぜ石出を無実だと思ったのかを考えた。表情や口調から嘘をついているとは感じられないからか。

だが、石出がしたたかであれば、そういう殊勝な態度はとれるだろう。十三年間の刑務所暮らしが、石出をどう変えたのか。

そう考えたとき、石出に翻弄されている自分をも想像しないわけにはいかなかった。

「先生」

石出がふいに口調を変えた。

「何か」

「見通しはいかがですか」

「…………」

「最近、疲れてきました」

「えっ？」

「刑務所を出たばかりで、また拘置所暮らし。これが、もう自分の宿命のような気がしてきたんです」

「何を言うのですか」

京介は狼狽《ろうばい》する。

「寿美子さんがいない世の中になんの未練もありません。裁判で無実を勝ち取ったとしても、私はもうまともな仕事にはつけないでしょうし、こんな人間が家庭など持てるはずありません」

「どうしたんですか。そんな投げやりなことを言い出して」

「十三年ですよ。やっと、娑婆《しゃば》に出たらまた刑務所戻り。考えただけでもぞっとします」

「そんな気の弱いことを言ってどうするのですか。真実は必ず明らかになります」

「この間もお話ししましたが、彼女が夢に出てくるんです。何かを訴えようとしているんです。何を訴えたいのか気になるんです」

「想像はつかないのですか」

「別れる理由だと思いますが……。好きになった男の名を言おうとしたのか、自由になってどこかに行こうとしたのか。それとも、他のことなのか」

石出は顔を上げて、

「あの世に行き、彼女にきいてみたい。そんな気持ちなんです」

「いいですか。きっと、裁判で、無罪を勝ち取ります。ばかなことを考えないように」

京介は身を乗り出して言う。

看守が顔を出し、接見の終わりを告げた。

「また、来ます。いいですね。ばかなことを考えてはだめですよ」

　京介は念を押した。

　京介は事務所に戻ったが、石出の精神状態が心配になった。あの世に行き、何を訴えたいのか、寿美子にきいてみたいと言っていた。

　その言葉に不吉なものを感じた。

　受話器を摑み、地検に電話を入れ、今回の事件を担当している郷田《ごうだ》検事を呼び出した。

　郷田とはたびたび法廷でぶつかり合う。

　第一回の公判前整理手続でもいっしょだった。

「弁護士の鶴見です」

「記載書に何か」

「証明予定事実記載書」で何か確かめたいのかと、郷田は先回りしてきいた。

「いえ。石出淳二のことです」

「石出が何か」

「さっき接見してきたのですが、なんだか様子がおかしいのです」

「おかしい？」

　郷田の声が緊張する。

「拘置所に、注意をするように伝えていただけませんか」

「自殺……」

「発言の内容もおかしいのです。槙野寿美子の夢をよく見るそうです。寿美子が何を自分に言いたかったのか、あの世に行ってきいてみたいと言ってました」

「十三年間の服役のあとの拘置ですからね。だいぶ心が弱っているのでしょう。わかりました。さっそく拘置所に注意をするように伝えます」

「お願いします」

京介は電話を切った。

不安はなかなか去らない。石出は生きる希望を失っているようだ。十三年間の刑務所暮らし。それを支えてきたのは寿美子の存在だ。

その寿美子は出所を待って、石出と別れようとした。だが、そのわけを言う前に寿美子は死んだ。

絶望が彼を襲っている。今の彼は、寿美子が何を言いたかったのか、それを知りたいだけなのだ。

だが、もはや知ることは出来ない。知りたければ、あの世に行くしかない。

石出は本気でそう思い込んでいるのかもしれない。

ふと、柏田から指摘されたことを思いだした。

「石出が寿美子を殺した犯人だと疑ったことはないのか。十三年前、石出は川島を殺したと言っているのだ。今度もまた、寿美子を殺したかもしれないと、どうして考えないのだ?」

なぜ、石出が寿美子殺しの犯人ではないと信じたのか。そして、真犯人を内堀だと思った決め手は何だったか。

すべて思い込みからだと柏田は言う。京介はそのわけを考えた。

身代わりの可能性を指摘されても、石出は川島真人を殺したのは自分だと言い張っている。そういう男が寿美子を殺したとしたら、素直に自白するはずだ。そして、自分は身代わりだったと告白するのではないか。そう思考を組み立て、彼が否認したことを信じたのではないか。

さらに言えば、裏切られたことで逆上して殺したとしても、好きな女を殺したのなら、自分も後を追って死のうとするのではないか。

そういう思いがあって、石出は無実だと思ったのだ。

では、内堀はどうか。疑惑を持ったのはほんとうに寿美子と愛人関係にあったのかと疑ったからだ。だが、それだけで、内堀を真犯人だと言うことは出来ない。内堀を疑った最大の理由、それは、彼がかつて波留美を殺した疑いのある嶋尾恭作だったからだ。

こう考えれば、石出を無実と信じていることも内堀の真犯人説も、客観的な証拠はひとつもないことに気づく。

やはり、柏田の言うように、思い込みでしかない。

もし、石出が自殺したら……。あの世で寿美子から話を聞きたいというのは言い訳で、それが石出が寿美子を殺した犯人であるという証《あかし》になるのではないか。

京介は呻《うめ》き声を発した。


その夜、気がついたとき、すでに柏田と蘭子も引き上げて、事務所にいるのは、また京介だけだった。

壁の時計は八時半になるところだ。京介は帰り支度をした。

そのとき電話が鳴った。

「はい。柏田法律事務所です」

応答がない。

「もしもし」

呼びかけたが、そのまま電話が切れた。

間違い電話かと思い、火の元の確認をし、電気を消して、事務所を出た。

外に人通りはなかった。京介は虎ノ門の駅に向かった。後ろから三人の男が尾《つ》いてくる。事務所が入っているビルを出たときから尾いてきたようだ。

なんとなく、いやな予感がした。三人組が京介の背後にぴたっと付いた。京介が振り向いたとき、ひとりが体をぶつけてきた。

「痛てえじゃねえか」

当たってきた男が喚《わめ》いた。ブレザーを羽織った中肉中背の男だ。三十前だろう。

「何の真似ですか」

京介は毅然《きぜん》と言う。

「急に立ち止まるからだ。喧嘩《けんか》を売るのか。こっちへ来い」

長身の男が京介の襟首を摑もうとした。

「やめなさい」

京介は男の手を払う。

「あなたたち、何者なんですか」

「喧嘩を売る気なら買ってやる」

京介は恐怖で心臓が激しく打ったが、弱みは見せまいと、

「私のことを知っているのですか」

と、三人の顔を見た。暗いので顔立ちはよくわからないが、中肉中背の男は丸顔。長身の男は顔が長い。もうひとりは痩せて、顔も細い。

「向こうへ行くんだ」

ひとりが京介の体を突いた。

「わかった」

京介は三人に囲まれるようにして、ビル陰に向かった。

暗がりに入りかけたとき、京介は立ち止まり、いきなり長身の男の向こう脛《ずね》を蹴り、中肉中背の男に体当たりをして、一目散に逃げ出した。

三人が追いかけてきた。京介は街灯の明かりの下で立ち止まった。相手の顔を確認する。中肉中背の丸顔の男は目が大きく、鼻も横に広い。長身の男の長い顔の顎に黒子《ほくろ》があった。もうひとり、痩せた男の細い顔は頬骨が突き出ている。

とっさに三人の顔の特徴を覚えた。三人とも二十七、八歳だ。

痩せた男が京介の背後にまわった。京介が逃げ道を探していると、長身の男がこん棒を振りかざした。

頭上に迫って来たので、京介はとっさに左腕で頭を庇った。左腕に激痛が走った。京介はさらに足を打たれ、倒れた。

すかさず、三人の足蹴りが襲ってきた。

「だらなことすんな」

京介は体を丸めて攻撃を受けたが、隙を窺って相手の足を摑んですくい上げた。

相手が派手に倒れたあと、長身の男の腰にしがみついて倒した。

騒ぎを知った通り掛かりのひとが通報したらしく、警察官が駆けつけてきた。三人は素早く逃げ出した。

「大丈夫ですか」

警察官が京介を助け起こした。

「あなたは、弁護士の鶴見先生」

警察官は京介のことを知っていた。

「すみません。足が……」

再び、京介はしゃがんだ。

「今、救急車を呼びました。いったい、何があったのですか」

「三人連れの男が私のあとを尾けてきて、いきなり襲ってきました。喧嘩じゃありません。私を狙ったようです」

「心当たりは？」

「ありません」

やがて救急車のサイレンが聞こえてきた。

翌朝、京介は赤坂中央病院のベッドで目を覚ました。

右足は腫れていたが、骨は微かにひびが入った程度ですんだ。が、すぐ歩けるわけではなく、しばらくの入院を余儀なくされた。

警察の調書は昨夜のうちに取られ、三人の男の特徴を説明した。

十時過ぎに、柏田が病室に顔を出した。

「驚いた。大丈夫か」

「はい。ただ、二、三日入院が必要だそうです。すみません。御迷惑をおかけして」

民事の裁判が二件、刑事の裁判が一件。あとは依頼人との打ち合わせの延期など、来週の仕事もかなり調整しなければならなかった。

「昨夜、蘭子さんが来てくれて、いろいろやってくれました」

病院に担ぎ込まれ、治療を受けたあと、蘭子に携帯で電話した。彼女はすぐにやって来て、入院手続などをしてくれたのだ。

「彼女はなかなか甲斐甲斐しい」

と言ったあと、柏田はすぐ、笑みを引っ込め、

「君だと知って襲ってきたのか」

と、厳しい表情できいた。

「八時半ごろ、事務所に無言電話がありました。もしかしたら、私がいるかどうか、確かめるための電話だったのかもしれません」

「いったい、誰なんだ？」

柏田は顔をしかめる。

「わかりません。こんな目に遭うなんて。ただ、殺すつもりではなかったようです。足を狙っていたのは歩けないようにするのが目的だったのかもしれません。殺すつもりならこん棒で頭を狙っただろう。

「今関わっている事件に関係していると思うか」

「そういえば」

京介はふと思いだしたことがあった。

「蹴られたとき、ひとりが確か、だらなことすんな、と言ったようです」

「だらなこと？」

「はい。最初はみだらなことをするなと言っているのかと思いました。それで、誰かと間違えたのかもしれないと思ったのですが、事務所にかかってきた電話のことを考えると、そうでもないような……」

事務所を出たときから尾けてきたのだ。だとすると鶴見だと承知して襲ってきたのに違いない。

「だら……」

柏田は眉根を寄せた。

「先生、何か」

「もしかしたら、金沢の方言かもしれない。こっちでいう、〝ばか〟ということを金沢弁で、〝だら〟と言うらしい」

「金沢……」

京介ははっとした。

脳裏を内堀の顔が掠めた。まさかという思いの一方で、内堀ならやりかねないという気がした。

暴力団のような雰囲気はなかった。だとすると……。

「先入観でものを見るな」

京介の顔色を読んだように、柏田が言う。

「金沢から出張で来たサラリーマンか、金沢出身で東京に住んでいる者か、あるいは金沢に友人がいて、その言葉を使っただけということも考えられる」

「はい」

そう答えたものの、内堀の配下の人間のような気がしてならなかった。内堀の会社の前で待っていれば、三人が出てくるかもしれない。

「では、私は引き上げる。大事にな」

「はい」

「あとで、蘭子くんが来ると言っていた」

「すみません」

出口に向かいかけて、柏田は足を止めた。

「出掛けに」

柏田が振り向いた。

「郷田検事から電話があった。拘置所で、石出が自殺を図ろうとしたそうだ。事前に発見したので、未然に防げたそうだ。今は二十四時間態勢で見張っている。そう君に言伝てがあった」

「やはり……」

「兆候があったのか」

「はい。言っていることが気になったので、郷田検事を通して拘置所に注意してもらうように頼んだのです。まさか、その夜に実行するなんて」

「死んだら負けだ」

柏田は痛ましげに言う。

「槙野寿美子がいない世の中に未練はないようです」

「彼女以上の女は必ず現われる」

目の前に石出がいるかのように言い放つと、柏田は病室を出ていった。

石出の自殺未遂の知らせは、京介を暗い気分にさせた。すぐにでも拘置所に飛んでいきたいが、歩けないことがうらめしかった。

3

夕食を終えたあと、蘭子が見舞いに来てくれた。

「持って来てくれましたか」

「ええ」

蘭子は風呂敷包みをベッド脇のテーブルに置いた。石出淳二に関わる事件の裁判資料を持ってきてもらったのだ。

「ありがとう」

「具合、どうですか」

蘭子はパイプ椅子を開いて腰を下ろした。

「まだ、動かすと痛みがあるけどだいじょうぶ。それより、動けないことが悔しい」

京介はため息をついた。

「三人はまだ見つからないんですか」

「昼間、刑事さんが来たけど、わからなかったそうだ。新橋駅の近くで人相の似た三人組の男がいたそうだが、その後はわからない」

「そう。でも、大事に至らなくてよかったわ。電話もらったとき、足がすくんでしまったわ」

「………」

心配そうな顔をした蘭子に、京介の胸が熱くなった。

「今夜の食事。だめになってしまった。申しわけない」

「気にしないで。治ったら、連れていってもらいますから」

と蘭子は笑った。

「何か足りないもの、あります？」

「いや。今のところ、だいじょうぶだ。きのう、揃えてもらったから。それより、仕事で迷惑をかけて」

依頼人との面談などを、代わってもらったのだ。

「たいしたことありませんよ」

そのとき、誰かが入って来た。

所轄署の刑事だった。

「今、よろしいですか」

「どうぞ」

蘭子が場所をあけた。

「何かわかったのですか」

京介はきいた。昼間来た刑事だった。

「例の三人組らしい男は、東京駅から北陸新幹線の改札を通ったようです」

「どうしてわかったのですか」

「新橋駅の改札機がトラブって、駅員が駆けつけたら、三人組のうちのひとりによく似た男の乗車券が、改札機の中で引っかかっていたということでした。金沢までの特急券と乗車券だったそうです。それで、東京駅の新幹線の改札に問い合わせたら、駅員のひとりが三人連れを覚えていました」

「三人は金沢に向かったのですね」

「間違いないと思います」

刑事は答え、

「金沢で何か心当たりはありますか」

「いえ」

内堀のことは口に出来なかった。

金沢に向かったからといって、内堀と関係があると決まったわけではない。だが、内心、内堀が背後にいるのは間違いないと確信した。

刑事が引き上げたあと、しばらく蘭子が付き添い、八時半になって引き上げていった。

ひとりになって、京介は改めて内堀に思いを向けた。

内堀はこういう形で動いたのか。弁護士会に訴えるか、名誉棄損で訴えるか。それを期待したが、怪我をさせて動けないようにして京介を封じ込めようとしたのだ。

福沢とともに内堀と会ったのが三月十六日、その一週間後、札幌の福沢から電話があった。


「内堀が何か言ってきたか」

京介が内堀を怒らせた狙いを、福沢も知っていた。

「いや、まだだ」

「なぜだ？　あんなに怒っていたのに」

「彼もばかではないということだ。挑発に乗らないように用心しているのだ」

「じゃあ、このままか。姉貴を殺したのはあの男に間違いない。面と向かって話して、改めて確信した」

福沢は口惜しそうに、

「このまま、あの男がのうのうと生きていくなんて耐えられない。何とかならないのか」

と、訴えた。

「残念だが、どうしようもない。仮に内堀が名誉棄損で訴えても、こっちが負けるだろう。その覚悟で挑発したが、内堀は乗ってこなかった」

「殺人の時効が撤廃されたというのに……」

「事件を再捜査しても真実が明らかになるかどうか。警察が嶋尾を守ったんだ。当時の捜査資料だって改竄《かいざん》され、嶋尾が犯人だという証拠は何も残っていまい」

京介も込み上げる怒りを抑える。

「今、疑いがかかっている殺人事件の見通しはどうなんだ？」

「………」

京介は返答に詰まった。

「期待出来そうもないのか」

「いや、何とかなる」

京介は強がりを言ったが、福沢には通じなかった。

「鶴見……」

福沢は言いよどみ、

「姉殺しで、警察に告発出来ないか。あるいは北国時報社に訴えるのでもいい」

「待て。そんなことをしても、過去の事件を蒸し返すことは出来ない。それに、今かかわっている事件は東京で起きている。札幌は関係ない」

「内堀にそういう疑惑があることを、内堀の周辺に知らせるのが狙いだ。奴《やつ》の過去を金沢のひとに知らせるのだ」

「それは……」

さすがにそこまでするのは人権侵害にあたる。

「例の姉の事件を取材していた新聞記者に、内堀に会った話をしてきた。そこで、今のような話が出たんだ。そのひとは北国時報社の幹部に知り合いがいるらしい。それでその記者が場合によっては、北国時報社に情報を提供してもいいと言っている」

「待ってくれ。弁護士として、そこまでは出来ない」

「なぜだ？　君だって内堀を犯人だと決めつけていたではないか」

「あくまでも内堀個人に対してだけだ。内堀の悪事を世間に広めるのは賛成出来ない。内堀には奥さんも子どももいる。無関係なひとたちを傷つけることになる」

「内堀の罪が明るみに出れば、当然家族も傷つくじゃないか」

「内堀の罪が正しい形で明るみに出るなら、それは仕方ない。内堀は当然の報いを受けなければならない。だが、罪が明らかではないのに、社会的制裁を加えることは問題がある。内堀が真犯人だという確証は得られていないのにそんな真似は出来ない」

「しかし、俺も君も、いま話した新聞記者も、内堀が姉を殺した犯人だと思っているんだ。いや、事実だ。事実を世間に知らしめることは問題なのか」

福沢は譲らない。

「俺たちが神になってはだめだ。標的はあくまでも内堀個人だ。周辺の人間を巻き添えには出来ない」

「なぜだ、なぜだめなんだ」

福沢は悔しさを滲ませて電話を切った。

部屋の電気が消えた。消灯時間だ。

福沢の悔しげな声が蘇る。

俺たちが神になってはだめだ。標的はあくまでも内堀個人だ。周辺の人間を巻き添えには出来ない。京介の言葉に、なぜだめなんだ、と福沢は反論した。

そんなことが可能になったら、個人の意思で、ひとりの人間の人格を貶《おとし》めることも可能になってしまう。

いくら内堀が波留美殺しの真犯人に間違いなかろうが、今の段階では、世間のひとたちには犯人かどうかわかってはもらえない。

柏田が京介のやり方に批判的なのは、内堀が真犯人だとどうして決めつけることが出来るのかという一点だ。

問題はそこである。柏田の意見は十分に理解出来る。

だが、このままでは、内堀は殺人を犯しながら逃げ延びてしまうことになる。被害者の無念を思えば、このままでいいというわけにはいかない。

裁判の場で、白黒をつけなければならない。捜査機関の怠慢により、法網から逃れているのを、搦《から》め捕る役目を果たさなければならない。

京介はそう自分に言い聞かせた。

昨夜の三人が内堀の命令で動いたのかどうか、調べる必要がある。その結果によっては、福沢の考えを採用すべきかもしれないと思った。

三日後の四月十八日、京介は医者の反対を押し切って強引に退院した。

歩くと痛みが走り、ゆっくりとしか歩けない。だが、松葉杖《まつばづえ》を使うほどでもなかった。

そして、その足で事務所に出て、溜《た》まっていた仕事をこなし、翌日、京介は拘置所に石出の接見に行った。

「足を怪我して、すぐ来られませんでした」

京介は切り出す。

石出は目を見開いた。

「どうしたんですか」

「暴漢に襲われました」

「暴漢？」

「私は寿美子さん殺しの真犯人の指し金だと思っています」

「ほんとうですか」

石出は身を乗り出す。

「それより、死のうとしたそうですね」

「…………」

「なぜですか。死ねばあの世で、寿美子さんと会えるなんて本気で思っているわけではないでしょうね」

「会えるかもしれません」

「いいですか。あなたが今死んだら、あなたの負けです」

京介は柏田の言葉を告げ、

「死んだら、あなたが十三年前に寿美子さんの身代わりで服役し、あげく裏切られて殺したということにされますよ。いいんですか」

「私は彼女を殺してなんかいない」

「しかし、このままではそういうことになってしまいます。そして、真犯人は逃げ延びてしまいます。そんなことで、あの世で寿美子さんに会ったとき、何て言うんですか。寿美子さんを殺した犯人を野放しにしてのこのこあの世に行き、申し訳が立つのですか」

「…………」

石出はうなだれた。

「あなたが無罪を勝ち取らなければ、真犯人を捕まえることは出来ません」

石出は顔を上げ、

「私が間違っていました」

と、顔を紅潮させた。

「彼女の命を奪った人間を許せない。先生、お願いします。彼女の仇《かたき》を討ってください」

「もちろん、そのつもりです」

京介は力強く応え、

「そのためには、隠し事はだめです。最後に勝つのは真実です。嘘をついたり、隠し事があれば、勝てるものも勝てません」

「…………」

「本気で、寿美子さんの仇を討つつもりなら、どんなに不利なことでも正直に話していただかないと」

「はい」

「石出さん」

京介は呼びかける。

石出は不安そうな目を向ける。

「十三年前のことを正直に話してください」

「…………」

「十三年前、何があったのですか。川島真人が空き巣に入ったというのは嘘ですね。川島があなたの家の前をうろついていたのを近所のひとが見ていた時間は、午後一時ごろなんです。あなたが会社から家に戻ったのは二時過ぎです。時間が合いません。そして、重要なことは午後一時過ぎまで、寿美子さんがあなたの家にいたことです」

京介は続ける。

「川島は寿美子さんを襲うために、あなたの家に侵入したのではありませんか。寿美子さんは抵抗し、包丁で川島を刺してしまった」

「…………」

「その後、寿美子さんはあなたの会社に電話したのです。そして、あなたは家に帰って、死んでいる川島と血まみれの寿美子さんを見た」

「祖母は脳梗塞で倒れてから、歩くことも出来ずベッドの上の暮らしでした。それでホームヘルパーを頼み、寿美子さんが来てくれるようになりました。彼女は祖母を抱き上げ、籐椅子《とういす》に移します。寝たきりにさせないようにしてくれたんです。そのせいか、祖母はずいぶん元気になりました。表情が生き生きしていました。私は寿美子さんに感謝し、お礼のつもりで食事に誘いました」

石出は寿美子とのなれそめを語りだした。

「食事の場に現われた彼女を見て、私は目を瞠《みは》りました。地味な制服姿と違い、化粧をし、明るい色調の私服姿はまるで別人のようでした。彼女を素敵だと思いました。それから、私たちはたびたび食事に行くようになり、結婚も意識するようになったのです」

石出の顔が綻んだ。楽しかった日々が蘇ったのだろう。

「祖母も彼女を気に入っていました。たまに、彼女以外のヘルパーが来ると機嫌が悪くなりました。私が夕方に会社から帰って、機嫌がいいか悪いかで、彼女が来たかどうかすぐわかりました」

とたんに、石出の顔つきが変わった。

「おっしゃるようにあの日、会社に彼女から電話がありました」

事件当日のことを、彼は語りはじめた。

4

十三年前の二月十五日。寿美子から会社に電話があったのは午後一時半ごろだった。

「寿美子です」

焦ったような声が聞こえてきた。

「どうした？」

声をひそめてきく。

「たいへんなことが。すぐ来て」

泣きそうな声で、

「男が死んだの。どうしたらいいのかわからないの。お願い、すぐ来て」

「わかった。落ち着いて。毛布か何かをかけて」

死体を目に入れないように何かかけるように言って電話を切り、急の腹痛で医者に行くと上司に断り、石出は会社を出て家に戻った。

家の中で、宅配便のドライバーの男が腹と胸から血を流して仰向けになって死んでいた。寿美子と祖母は抱き合っていた。

「インターホンが鳴って、宅配便だと言うので玄関を開けたら、この男がいきなり私に襲いかかってきたんです」

「待って、詳しい話はあとで。君はともかく怪しまれないようにすぐに会社に帰るんだ。いいね、このことは内証《ないしょ》だ」

「でも」

「心配ない。あとは俺に任せて。さあ」

彼女を帰し、石出は玄関の下駄箱に仕舞ってあったブルーシートを引っ張りだして、死体を包んで紐《ひも》で結わき、押入れに隠した。

目についた汚れだけは拭き取って、

「ばあちゃん。会社に戻るから」

認知症の症状が出はじめていた祖母に言い聞かせ、石出は会社に戻った。

定時で会社を出ると、地下鉄で日本橋に行き、午後七時に日本橋本町にあるレンタカー会社で、車を借りた。

少しでも会社から遠いほうがいいと思ったからだ。

石出はレンタカーで南千住の家に帰った。祖母は夕食をとらずに寝ていた。

八時過ぎに、寿美子から電話があった。

「だいじょうぶ？」

「心配いらない。いいね、君は一切関係ないんだ、わかったね」

「ええ」

「明日からも普段どおり振る舞うんだ。今日のことは忘れて」

「わかりました」

電話を切ったあとで、寿美子が何か言いたそうだったことに気づいた。電話をし直そうと思ったが、祖母が呻いたのでベッドに行った。祖母も寿美子が襲われた場面を見ていたのだろう。そのうなされているようだった。

その記憶が夢になって出てきたのか。

夜が更けてから死体を車のトランクに押し込み、出発した。

死体遺棄の場所を探して日光街道を走り、結局荒川河川敷に死体を捨てた。

車を近所のパチンコ屋の駐車場に停め、自宅に帰った。そして、改めて祖母のそばに行き、手を見た。

祖母の手が少しよごれている。不思議に思いながら濡《ぬ》れた手拭いで拭いてやろうとしてはっとした。

血だ。なぜ、祖母の手に血が……。

その瞬間、石出の頭に、事件の光景がまざまざと浮かんだ。

川島は寿美子を押し倒し、乱暴しようとした。必死に暴れる寿美子は、川島を突き飛ばし、逃げる。

追いかける川島の前に立ちふさがったのは祖母だ。祖母の手に包丁が握られていた。川島を刺したのは祖母だ。祖母にそんな力があったのだろうかと不思議だったが、祖母の手の血はそれを語っていた。

寿美子の危機に、祖母は立ち上がったのだ。

その疲れが出て、祖母は夕飯も食べずに寝入ってしまったのだろう。

翌朝、早く起きてパチンコ屋の駐車場に停めた車を日本橋本町のレンタカー会社に帰し、いつもどおりに会社に出た。

その後、寿美子に会っても川島のことは一切口にしなかった。寿美子が言いかけても、石出は制した。

あれは悪夢で、現実のことではない。そう思うようにした。

その後、新しい宅配ドライバーが配達に来るようになったが、川島のことは話題にならなかった。

三月十八日、荒川河川敷でついに死体が見つかった。

身許はすぐに判明した。二月十五日から行方不明になっている『八巻運輸』の宅配便のドライバーの川島真人だと、新聞に出た。

だが、自分に捜査の手が伸びるとは想像していなかった。だから、刑事が訪ねてきたとき、石出は愕然とした。

レンタカーから足がついたらしい。もはや、すべてがわかるのは時間の問題だと観念し、自分ひとりで罪をかぶる覚悟を固めた。

寿美子と会ったとき、

「もう、だめだ。いずれ、俺は捕まる」

「でも、悪いのはあの男よ。私が自首するわ」

「ばあちゃんだろう?」

「えっ?」

「ばあちゃんが君を助けたんだろう」

「違うわ。私よ」

「ほんとうのことを言ってくれ。あのときに限ってばあちゃんは立ち上がることが出来たんだ。手に血が残っていたよ」

「………」

「君は拭き取ったと思ったろうが、拭き取れていなかったんだ」

石出は問い詰めるようにきく。

「どうなんだ?」

「違うわ。ほんとうに……」

「待って。それ以上言わないでいい。ばあちゃんは君のことが好きだったんだ。だから、不思議な力が出たんだ」

「ねえ。警察に何もかも話しましょう。正直に話せば罪だってそんなに重くはならないでしょう？」

「いや」

石出は首を横に振った。

「誰が介護されている年寄りが殺人を犯したと思う？　思わないさ。正直に話したら、かえって君が疑われる」

「………」

「それに、自分の祖母がひとを殺したなんて言えない」

「だって私が……」

「だめだ。君がいなくなったら、ばあちゃんを見てくれる人間がいなくなる。ばあちゃんのためにも君にはそばにいてもらいたい」

石出は決意を固めた。

「出てくるまで待っていて欲しい」

石出は寿美子の手を握って言った。

石出は懲役十三年の刑を受けた。

寿美子は約束どおり祖母を施設に入所させ、配置替えを認めてもらって祖母の介護を受け持った。

ときたま、寿美子は刑務所に面会に来た。だんだん、祖母の認知症が進んでいっていると話していた。

施設に入った頃は、石出を探していたが、半年経つと、石出のことを忘れたようになった。

もう二度と祖母には会えないだろう。だが、寿美子が代わって面倒をみてくれる。祖母はお気に入りの寿美子といっしょで仕合わせだろう。石出はそう思った。

入所から五年後に祖母が亡くなった。面会に来た寿美子は安らかな最期だったと話した。祖母はときたま民謡を唄ったという。とてもうまかったそうだ。石出は祖母の唄を聴いたことがない。祖母がやっていた小料理屋にカラオケは置いていなかった。

自分が知らない祖母の一面を知って意外に思った。そのとき、はじめて祖母の若い頃のことを何も知らないことに気づいた。

寿美子は東京を離れてから、面会に来ることはなくなった。時候の挨拶の手紙が届くだけで、自分の暮らしぶりが申し訳程度に書いてあるだけだった。

出所が決まったことを手紙で知らせると、返信に、出所したら十一月十一日午後四時に、山中温泉のこおろぎ橋で待ち合わせたいと記されていた。

寿美子について微かな違和感を持ちはじめたのは、彼女が山中温泉に行って一年ぐらい経った頃だった。

そして、こおろぎ橋に彼女が現われなかったことで、はっきりと彼女の心変わりを感じ取った。手紙に書いてあった彼女が勤めるスナックに行くと、彼女はきょうは金沢に出かけていると言った。ひがし茶屋街にある伝統工芸品の土産物店の若社長のところかもしれないという。

翌日も、彼女はこおろぎ橋に現われなかった。

それで、その夜は金沢へ行き、ビジネスホテルに泊まり、翌日、ひがし茶屋街の店に行ったが、若社長にも寿美子にも会えなかった。

その日の夕方、もう一度、山中温泉に戻り、こおろぎ橋に行った。

約束の二日後だ。冷たい風が吹いてくる。鶴仙渓の紅葉が夕陽に映えていた。が、石出には見て楽しむ余裕はなかった。

観光客の中にも寿美子を探した。午後四時を過ぎ、やはり来ないかもしれないと諦めかけたとき、橋に向かってくる女性に気づいた。

石出は呆然と見つめる。以前と変わらぬ若々しい姿で、彼女は石出の前にやって来た。

「お疲れさまでした」

十三年間の務めを慰労する言葉より、なぜ、約束の日に現われなかったのか。その説明を聞きたかったが、彼女は何も言わなかった。また、石出もきこうとしなかった。

彼女がとてつもなく遠い存在に思えた。

「どうして、ここで暮らしているんだ」

やっと、石出はきいた。

「ここが気に入ったの」

彼女は橋の欄干に手をかけ、下を覗き込んで言う。顔色を読まれないように避けているのか。

「東京に戻るつもりは？」

「ごめんなさい。もう、戻らないつもり」

ある程度予想していたとはいえ、その言葉は、石出の胸を鋭く抉《えぐ》った。

東京に戻らない、つまり石出とは別れるという意味だ。

十三年間、君を支えに生きてきた。言おうとしたが喉に詰まった。自分をみじめにするように思えた。

「好きなひとが出来たのか」

やっと口に出した。

「違うわ」

「じゃあ、なぜここで？」

「………」

「どこかゆっくり出来るところで……」

「ごめんなさい。これから仕事なの。明日は？」

「いったん東京に帰らなければならないんだ。東京で住まいを決めなきゃいけないし」

寿美子の部屋に誘われることはなかった。

「そう……」

「また、出直す」

「これ、私の携帯の番号」

それだけを寄越した。

十三年待った末に訪れた再会は想像とかけ離れたものだった。そんなに劇的なものを期待していたわけではないが、もう少し感動のようなものがあってもいいはずだ。

多くを語るまでもなく、寿美子の心が遠く離れてしまったことは間違いなかった。十三年の空白の大きさを思い知らされた。

翌日の十一月十四日、東京に戻った石出は、浅草橋場《はしば》にある寺の墓地に行った。両親が亡くなったとき、祖母が建てた墓だ。そこに、祖母も入っている。

「ばあちゃん、帰ってきたよ」

石出は手を合わせた。

「あんとき、ばあちゃんが寿美子を守ったんだな。ずいぶん彼女のことを気に入っていたものな」

墓前で手を合わせていると、祖母といっしょに暮らしていた頃のことが蘇ってくる。母は祖母とは折り合いが悪かった。品がないとよく言っていた。母は小料理屋をやっている祖母がいやだったのだろう。

客の男に愛想を言い、色気を振りまく祖母が小さい頃から嫌いだったのだ。だが、石出は祖母が好きだった。母にはしょっちゅう叱られたが、祖母はいつもやさしかった。

母が亡くなったとき祖母は悄然《しょうぜん》としていた。あんなにいがみ合っていても、やはり母娘だったのだと思った。

葬儀が終わったあと、祖母はすぐ店を開けた。母がいなくなった悲しみなどなかったかのように、客と際どい冗談を言っていた。

祖母は歳《とし》をとっても色っぽいひとだった。

祖母が倒れたのは仕込みをしている最中だった。大学から帰った石出が祖母を探して店を覗いたら、祖母が倒れていたのだ。

発見が早かったから一命を取り留めたが、祖母はほぼ寝たきりになった。小料理屋を居抜きで売り、南千住の端にある古い家に引っ越し、そこで祖母の介護をする暮らしがはじまった。

祖母は早く死のうとした。石出に迷惑をかけたくない一心で、包丁を摑んだこともあった。

石出が大学を卒業し、会社勤めをはじめてから、介護サービスを受けるようになった。そして、ホームヘルパーとして寿美子がやって来るようになって祖母は明るくなった。表情がやわらかくなった。

寿美子がやって来るのがほんとうに楽しみのようで、彼女が来る日は、祖母は朝起きるとうきうきして声を弾ませ、機嫌がよかった。

「ばあちゃん、じゃあ、会社に出かけるから。あとで、寿美子さんが来るから」

そう言って出かけて行くのを、祖母は頷きながら見送った。

あの事件さえなければ、いずれ寿美子はホームヘルパーとしてではなく、石出の連れ合いとなって祖母の世話をするようになっていたかもしれない。だから、祖母は最後まで寿美子の介護を受け、看取られて仕合わせだったのかもしれない。

その寿美子が今は遠くに去ってしまった。十三年の空白は致命的だった。人間の心を変えるには十分過ぎる時間だった。

寿美子を責めることは出来ない。石出は自らの意志で罪をかぶったのだ。寿美子を守る意味もあったが、祖母の身代わりになったのだ。

祖母は仕合わせな晩年を送ったのだと自分に言い聞かせることで、寿美子への不満を封じ込めた。

「ばあちゃん、また来る」

もう一度手を合わせ、石出は墓前を離れた。


石出は柏田弁護士が世話してくれた赤羽にある木工所で働きだし、寿美子に会いに行く時間がとれないまま、一月三十日になった。

前日、寿美子から電話があって、明日東京に行くと言われた。そこで、三十日は木工所からまっすぐ帰った。

そして、午後七時に東十条駅の改札で寿美子と落ち合った。

ふたりは無言で、マンション五階の石出の部屋に入った。

やっとふたりきりになれたが、寿美子の表情は硬かった。以前のような気安さで声をかけられる雰囲気ではなかった。

「お店は休んで?」

ぎこちなく、石出はきく。

「ええ」

「君の心が変わったのは、中《なか》にいる頃から薄々わかっていた」

「きょうは、そのことで来ました」

「……十三年間は長かった。だが、出たら君が待ってくれている。そう思って、どんなに救われたか」

今さら言っても仕方がないことを、つい口にしていた。

世間的にも、ムショ帰りの亭主をもつのはマイナスでしかない。考えてみたら、寿美子が石出を待つ理由なんてどこにもないのだ。

「私の気持ちをお話しに来ました」

「別れのわけか」

石出は自嘲ぎみに、

「そんな話を聞いても、どうしようもない」

「聞いてください。どうして、私が山中温泉に行ったかを」

寿美子の真剣な眼差しにはっとし、石出は逃げるように立ち上がった。

「ビールを買ってくる。飲みながらじゃないと、聞いていられない。すぐ戻ってくるから待っていてくれ」

もちろんビール云々《うんぬん》は口実だ。寿美子の話を聞く心の準備が出来ていなかった。心の整理をつけるために時間稼ぎをしたのだ。

近所のコンビニで買物をし、マンションに戻った。管理人室に人影があった。出かけたときにはいなかった管理人が戻って来ていた。

エレベーターで五階に上がった。ひとには会わなかった。

部屋の前に行き、おやっと思った。サンダルがはさまって、ドアに隙間が出来ている。出かけるときはちゃんと閉めたはずだ。まさか、寿美子が帰ってしまったのではないか。石出はあわてて部屋に入った。

あっと、思わず叫んだ。

寿美子が仰向けに倒れていた。

「どうした?」

急いで抱き起こしたとき、手にべっとりと何かが付いた。血だ。傍らに、包丁が落ちていた。

頭の中が真っ白になった。玄関で、悲鳴が聞こえた。管理人が立っていた。

5

京介は拘置所から足を引きずりながら事務所に帰り、すぐに柏田の都合をきき、執務室を訪ねた。

「足はだいじょうぶなのか」

柏田が心配そうにきいた。

「早くは歩けませんが、なんとか」

京介は執務机の横にパイプ椅子を持っていき、座った。

「先生、石出さんが十三年前のことを話してくれました」

「身代わりを認めたのか」

「はい。ですが、寿美子ではなく、祖母の身代わりだと言ってました」

「祖母の？　まさか、川島真人を殺したのは……」

柏田は厳しい顔になった。

「はい。川島の遺体を遺棄したあと、家に帰って祖母の手を見たら血がついていたということです」

京介は柏田が何か言う前に、さらに続けた。

「先生のお考えのように、石出は寿美子からの電話で会社から家に帰ったそうです。そこで川島の死体を見つけ、最初は襲いかかってきた川島を寿美子が殺したと思ったようです。それで、何とか遺体を始末しようとした。ところが、祖母の手の血をみて、祖母が寿美子を助けるために包丁を摑んで川島に襲いかかったのだと気づいたと……」

「祖母は体が動いたのか」

「石出さんは、寿美子の危機に祖母は消えかけていた力を取り戻したのだと思ったそうです」

「寿美子が嘘をついていることはないのか」

「ありません」

「どうして、そう言えるのだ？ 寿美子は自分が助かりたくて、石出にそういう作り話をしたのかもしれないではないか」

「石出さんは寿美子を信じています。死体が見つかったとき、寿美子は警察に正直に言おうと勧めたそうです。でも、石出さんは、誰も祖母が殺《や》ったとは思わない。寿美子の仕業だと見なされる。だから、寿美子のためだけでなく、祖母のために身代わりになったということです」

「確かに、誰も祖母が殺ったと信じない。体の自由がきかない人間がそんなこと出来ないと考えるはずだ」

柏田は首を傾げ、

「なぜ、石出は会社から駆けつけたとき、その場で警察に届けなかったのか。正当防衛が適用されたかもしれない」

「そのときは石出も、寿美子が殺ったと思っていたんです。正当防衛かどうか、いずれにしろ、寿美子は警察に逮捕されます。裁判まで行ってしまうかもしれません。その間、祖母の介護をする人間がいなくなってしまう。石出はそれを避けたかったのです」

「うむ」

柏田は唸《うな》るように頷いて、

「祖母の仕業かもしれない。しかし、それを証明することはもはや出来ない。やはり、寿美子の仕業だと考える人もいるだろう。仮に、祖母の犯行だったことが何らかのことで立証されたとしても、今度の事件で石出が無罪になるわけではない」

「はい」

残念だが、柏田の言うとおりだ。今回の事件の大勢に影響はない。

「しかし、石出がすべてを打ち明けてくれたことは大きい。なにも隠し立てがないことから信頼関係が生まれるのだ」

柏田は力づけるように言う。

「確かに、石出にもう隠していることはないように思えます。しかし、その上で石出の話を改めて詳しく聞きましたが、やはり検察側の立証の矛盾を突けるようなものは見つかりませんでした。このままでは、石出の犯行だとする検察側の立証に合理的な疑いを差し挟むことは難しいと言わざるを得ません」

泣き言ではなく厳然たる事実だと、京介は言った。

「真犯人を告発するしか手段はありません。このままでは、石出は間違いなく有罪になります」

京介は訴えた。

「だめだ。真犯人を告発するなど無茶だ。ひとりを助けるために新たな冤罪の犠牲者を作り出すことになりかねない」

柏田は切って捨てた。

「石出の裁判で、真犯人が他にいる可能性を指摘するのならいい。だが、特定の人物を真犯人だと名指ししてはだめだ」

「しかし、それしか裁判に勝つ方法はありません」

また、柏田と言い合いになった。

「そんなことが通用したら、今後、どんな裁判でも、事件の関係者の誰かを真犯人だと決めつけて、被告人の無罪を勝ち取る方法がはびこってしまう。自分の依頼人の利益にさえなればいいという弁護が横行すれば、裁判制度の崩壊につながる」

柏田は首を横に振り、

「やめよう。堂々巡りだ。ともかく、私はそういう弁護は嫌いだ。もし、そういう弁護をするなら、残念だがいっしょに仕事は出来ない」

「えっ？」

京介は耳を疑った。

「もういい、行きたまえ」

京介はすぐには立ち上がれなかった。柏田はなぜ、このように厳しく反対するのだろうか。

ようやく立ち上がり、

「失礼します」

と頭を下げて、柏田の部屋から出た。


自分の部屋に戻って、京介は考え込んだ。

検察側の立証の矛盾を突く弁護が出来ないのは、弁護士として無能であることを物語っているのだろうか。

自分が未熟だから、突破口が見出せないのか。

石出には万人が認めるであろう犯行の動機がある。身代わりで十三年間も服役したにも拘《かか》わらず裏切られた男が殺意を抱くということは、誰もが納得する動機だ。かえって、裁判員は被告人の石出に同情するかもしれない。

まして、現場は石出のマンションの部屋であり、被害者の寿美子は石出と別れ話をするために部屋を訪れたのだ。

誰もが、石出の犯行に疑いを挟みはしまい。

疑いを挟むとしたら、何があるか。石出は殺意など持ち合わせていなかった。そのことをどうやって立証出来るか。出来ない。また、石出にアリバイはまったくない。やはり、検察側の立証を覆すのはほとんど不可能と言っていい。

もし、これが内堀恭作がはじめから石出をはめようとして計画的にやったものなら、不自然な作為がどこかに残っていただろう。

だが、寿美子殺しは計画的な犯行とは思えない。内堀が寿美子のあとをつけていて、彼女が男の部屋に入った。そのことで逆上して、石出が外出した隙に部屋に入った。

闖入者《ちんにゆうしや》が内堀であることに驚き、寿美子は詰《なじ》った。嫉妬に狂った内堀は台所に置いてあった包丁を摑んで寿美子を威《おど》した。だが、寿美子は動じなかった。内堀は寿美子に包丁を構えたまま突進した……。

部屋から逃げて、マンションの外に出たとき、コンビニ袋を提げた石出を見かけた。このとき、はじめて石出をはめてやろうと考え、コンビニの前にあった公衆電話から管理人室に電話をしたのだ。

管理人室の電話番号は携帯で写真を撮っておいたのだ。

そう考えると、事件に内堀の影が薄く、警察の捜査の網には引っかかってこなかったのも納得できる。すべて、石出に不利な状況が作られていった。

現場にかけつけた捜査員は最初から石出に疑惑を向けていた。石出が犯人であるという思い込みから、その証拠を探し出すための現場検証だった可能性がある。だから、実況見分調書も偏ったものになっている。

これを打破するには、やはり真犯人を名指しするしかないのだ。

窓の外が暗くなってきた。

ノックとともにドアが開いた。蘭子が入ってきた。

「まだ、お帰りじゃないんですか」

「もう少し」

「そう」

蘭子は心配そうな顔で、

「また、柏田先生とやり合ってましたね」

と、きいた。

「聞こえましたか」

「ええ。あんな大きな声ですもの」

「そんな大きな声でしたか」

「ええ、とても」

自分では気づかなかったが、かなり興奮していたのかもしれない。

「先生と考え方が大きく違っているんだ」

「真犯人を告発して被告人の無罪を勝ち取ろうとする弁護が正義か邪道か、ですね」

「真犯人を名指ししなければ被告人を助けることが出来ないんだ。このままなら、裁判は負ける」

「鶴見さんが真犯人だと疑っているひとは、ほんとうにそうなの？」

「間違いないと、僕は思っている」

「警察に話して捜査をしてもらえないかしら」

「それだけの証拠がないんだ。それに、警察が自分たちが下した処分を覆すことになるかもしれない捜査をするはずはない」

「では、どうするんですか」

「内堀にもう一度会って、揺さぶりをかけるしかない」

京介は内堀の顔を思いだして言う。

「内堀というんですか」

「そうだ。金沢に住んでいる。もう一度、会ってみようと思っている」

「金沢に行くつもり？」

「このままじゃ埒《らち》があかないのでね。今度の土日に行ってくるつもりだ」

「まだ、遠出は無理ですよ」

「だいじょうぶだ。ゆっくりゆっくり歩くよ」

「もしかして三人の暴漢って……」

「うむ。内堀が差し向けたのかどうか、そのことも調べてみるつもりだ」

「いけないわ、ひとりじゃ」

蘭子が真顔で言う。

「いや。行かなければならないんだ。正義のためにも」

「私も行くわ」

「えっ」

「鶴見さん、ひとりじゃ何かと不便ですよ。私が付き添います」

「本気で言っているの？」

「ええ。そうですよ。私、金沢に行ってみたかったんです。じゃあ、ごいっしょしますからね」

蘭子は念を押して引き上げて行った。

京介は今になって急にどぎまぎしてきた。

第四章　山中温泉

1

四月二十二日の土曜日、京介は北陸新幹線に蘭子とともに乗り込んだ。蘭子は黒のパンツスーツで、長い髪を後ろに束ねている。黒縁の眼鏡をかけた、いつもの仕事のスタイルだ。

もっとカジュアルな服装を期待していたが、やはり、今回の金沢行きは彼女の中でも旅行ではなく、事務所の同僚との出張に過ぎないのか。

京介は浮わついた気持ちを引き締め、仕事に専心しようと務めた。

ゆうべ内堀に電話し、きょうの午後二時に金沢駅前のホテルの喫茶室で落ち合うことになった。断られるかと思っていたので、かえって無気味な気がしないでもなかった。

隣の席で、蘭子は金沢のガイドブックを開いている。仕事だと思っていても、やはり旅という解放感はあるのだろう。

蘭子が見ているのは長町《ながまち》武家屋敷跡のページだ。土塀や長屋門が続く町並みが残っている。歴史好きな蘭子はそういう場所に惹《ひ》かれるのだという。

顔を正面に戻したが、彼女を意識して落ち着かない。彼女に出張という考えしかなかったとしても、京介は彼女と旅が出来ることを喜んでいた。だが、内堀と対峙するのだという緊張は続いている。

心配してついてきてくれる蘭子のやさしさの意味を考えるゆとりはなかった。

石出淳二に関わる殺人被告事件は、もはや、内堀を真犯人だと明らかにすることでしか挽回の機会はない。それほど追い込まれていた。

あと一週間以内に、「予定弁論書」を作成しなければならない。京介はこの中で、内堀真犯人説を展開するつもりだ。

検察側はそれに反証するために、警察に調べさせるだろう。そこで、警察が石出に有利なことを摑んでも握りつぶされる可能性は高いが、それでも警察を動かすことが出来る。

そのためには、内堀が犯人であるという確かな証拠を見つけることだ。もし、それが出来ないのなら……。

京介はため息をついた。もはや、福沢の言う禁断の手を使わざるを得ない。

波留美の事件を取材していた新聞記者が北国時報社に情報を提供してもいいと言って

いる。といっても、北国時報が内堀を糾弾する記事が書けるわけはない。

しかし、その姿勢を示せば、内堀にプレッシャーをかけることが出来るかもしれない。

ふと、横を見た。ガイドブックはさっきから同じ武家屋敷跡のページのままだ。不思議に思ったとき、蘭子がふいに口を開いた。

「別れ話が出ていたことを証明出来ないかしら」

「えっ？」

いきなりのことで、何を言っているのか理解出来なかった。

蘭子が顔を寄せて、

「内堀と寿美子さん」

と、小声で言う。

ガイドブックを開いたまま、事件のことを考えていたのだ。

「難しい。ふたりの関係はなるべく周囲に隠していたと言っているんだ。親しく付き合っていたことを知る人は少ないだろう。ましてや別れ話などよけいに知る人間はいない」

京介も蘭子に顔を近づけて囁《ささや》く。

「そうね。寿美子さんにほんとうに新しい恋人はいなかったのかしら」

「スナックのママはいないと言っていたけど」

「そのひととのことこそ、ほんとうに秘密の付き合いだったら？」

「寿美子は不倫はいやだと言っていたそうだ」

「でも、そういう関係になってしまったんじゃないかしら。もし、寿美子さんにそういうひとがいたら、内堀に別れ話を持ち出すでしょう」

車掌がこっちを見て素通りしていった。恋人同士が甘く囁きあっていると思ったのではないか。

「寿美子さんは、石出さんにそのひとのことを打ち明けようとしたのではないかしら」

その可能性を考えないわけではなかったが、寿美子の周囲には新しい男の影はなかった。

「確かにそういう男がいたら、内堀の嘘を暴くことが出来る。でも、その男はずっと口をつぐんできた。仮に見つかったとしても、今さら正直に話してくれるだろうか。寿美子が殺されたあとも、一度も姿を現わしていないんだ」

「そうね」

蘭子はぽつりと言う。

「内堀は、妻と離婚すると言って寿美子さんに言い寄ったんだと思う。でも、離婚云々が嘘だと知って、別れ話を持ち出したのではないかと考えている。でも、これこそ、証明は難しい」

そう言ってから、

「ずっと考えていてくれたんだね。ありがとう」

京介は礼を言う。

「少しでもお役に立てたらいいんだけど」

「こうして付き合ってくれているだけで十分だ」

京介は微笑む。

「まあ、いつのまにか景色が変わって」

車窓からの風景を眺めながら、蘭子が言う。

京介は蘭子の横顔に目を奪われていた。


金沢駅に着いたのは十二時前、金沢の台所といわれる近江町《おうみちよう》市場《いちば》に行った。広い敷地にたくさんの店が立ち並び、新鮮な魚が売られている。その中にある食堂で海鮮丼を食べた。

蘭子は満足そうな様子だった。

駅前に戻り、待ち合わせのホテルの喫茶室に約束の時間より少し早く着いた。ところが、奥のテーブルにはすでに内堀が来ていて携帯をいじっている。

京介は足を引きずりながらテーブルに近づく。

内堀が顔を上げた。

京介は立ち止まり、

「お待たせしました。こちらは同じ事務所の牧原です」

蘭子を引き合わせる。

「牧原です」

蘭子が名刺を差し出す。

「助っ人ですか」

内堀が笑った。

「じつは足を怪我したので、付き添ってもらいました」

椅子に腰を下ろして言う。

ウエイターが注文をとりにきた。

蘭子に確かめてから、

「コーヒー、ふたつ」

と、京介が注文する。

「かしこまりました」

ウエイターが去ってから、

「足をどうされたんですか」

と、内堀がきいた。

「三人連れの暴漢に襲われました」

「恐ろしい目にあったんですね」

「金沢から来た男たちです」

「なぜ、金沢だとわかるのですか?」

内堀の目が鈍く光った。

「男たちに蹴られたとき、ひとりが、だらなことすんな、と言ったんです。だらって金沢の方言だそうですね」

「金沢出身の男か」

「いえ。そのあと、三人が金沢行きの新幹線に乗ったことが警察の調べでわかりました」

「………」

「三人とも二十七、八歳。中肉中背の丸顔の男は目が大きく、鼻が横に広い。長身の男の長い顔の顎に黒子がありました。もうひとり、痩せた男の細い顔は頬骨が突き出ていました。心当たりありませんか」

「あるわけない」

内堀は憤然と言う。

「そうですか。内堀さんならご存じだと思ったんですが」

「ききたいことはなんだね。あまり時間はないのだ。手短に頼むよ」

内堀は急《せ》いたように言う。

「じつは、十三年前の事件の真相がわかりました。石出淳二さんは槙野寿美子さんの身代わりではなく、祖母清子さんの身代わりだったんです」

京介は川島真人殺しの説明をした。

「しかし、ふたりは出所したらいっしょになろうという約束が出来ていたんだろう。だが、寿美子は心変わりをしたんだ。石出という男が逆上するのは当然だ」

「これ」

京介は山中温泉のスナックのママから借りた写真を見せた。

「寿美子さんです」

店の中でのスナップだ。

「誰かに似ているとは思いませんか」

ウエイターがコーヒーを運んできたので、話が中断した。

「波留美のことを言っているのか」

「ええ、寿美子さんを写真でしか知りませんが、似ていますね。だから、内堀さんは寿美子さんに惹かれたのですか」

「確かにこの写真には波留美の面影がある。だが、実際は似ているようでいて似ていない。ただ、ふと表情が似ているときがある。五年前、山中温泉のスナックではじめて彼女を見た瞬間、波留美だと思った。それからときたま、彼女に会いに山中温泉に行くようになったんだ」

内堀は蘭子に、ちらちらと目をやりながら、

「私が波留美の事故に関わっていたら、寿美子と付き合うと思うかね。ふつうの人間なら良心の呵責《かしやく》に耐えられないだろう」

「でも、似ているようでいて似ていないのであれば、気にならないのでは？　波留美さんは当時十七歳。寿美子さんは三十を過ぎたおとなの女性です」

「なぜ、こんな写真を見せたのだ？」

「寿美子さんを殺すとき、波留美さんのことを思いだしたのではないかと想像したのです。いかがですか」

「私が寿美子を殺すはずない」

「彼女から別れ話が出ていたのではありませんか」

「なぜ、そう決めつける？」

「寿美子さんは奥さんのいる男性とは付き合わないと公言していたそうです。それなのにあなたと付き合ったということは、あなたが奥さんと別れることになっていると嘘を

ついていたからではありませんか。その嘘がばれて……」

「彼女がそんなことを言っていたとしたら、それは私との仲を隠すためだ。何度も言うが、隠れた付き合いだったからね」

「奥さんは寿美子さんとのことは知らないのですか」

「知るわけがない」

「じつは、先日、いっしょにお目にかかった波留美さんの弟が、北国時報にあなたを告発する記事を書いてもらうように働きかけようとしているんです」

「………」

「波留美さんの事件であなたを追っていた札幌の新聞記者が、北国時報に情報を提供してもいいと言っているようです」

「ばかばかしい。そんなことが出来るわけない」

「なぜですか」

「十八年前の轢き逃げ事故の真相はわからないんだ。それなのに、この俺を犯人扱い出来るはずはない」

さすがに動揺したのか、今まで私と言っていたのが急に、俺となった。

「波留美さんの弟は、あなたへの疑惑を金沢のひとたちに知ってもらおうとしています。あなたの奥さんにも」

「ばかな」

内堀は吐き捨てた。

「天下の新聞が、そんないい加減な記事を書くはずない」

「金沢に、あなたのことを快く思っていないひとがいるのではありませんか。そのひとたちを巻き込んであなたを追及することを考えているようです」

「それこそ、名誉棄損で訴える」

「そうなれば、記事になりますね」

「…………」

「威しか。弁護士も地に堕《お》ちたものだ」

「正直に言います。石出さんの裁判は真犯人が見つからない限り、有罪になりそうなんです。お祖母さんの罪をかぶって十三年間も刑務所暮らしをし、さらに無実の罪で服役しなければならなくなるなんて、ひどすぎると思いませんか」

京介は身を乗り出し、

「お願いです。真実を語ってください」

と、訴えた。

「俺が殺したという証拠はあるのか」

「ありません」

「それで、俺を犯人だと決めつけるのか」

「あなたしかいません。あなたが犯人だという前提で、警察が東十条のマンション周辺に聞き込みをかければ、何か見つかるかもしれません」

「事件から三カ月も経っている。今さら、何も見つかるまい。仮に見つかったとしても、事件に関係した証拠になるだろうか」

「おっしゃるとおりですが……」

「所長の柏田弁護士は大きな冤罪事件を幾つも手がけ、無罪に持っていったという、優秀な冤罪弁護士らしいな」

「そうです」

鶴見のことだけでなく事務所のことも調べていたのか。

「お宅も冤罪弁護士なんだろう。そういう弁護士が一般市民を犯罪者呼ばわりしていいのか。冤罪弁護士とは冤罪を作り出す弁護士ということか」

内堀は口許を歪める。

「私は石出淳二は無実だと信じています」

「それはお宅の勝手だ。どう思おうが俺には関係ない。石出の無実を証明するために俺を罪に陥れる。そんなことが許されるのか」

「真犯人を暴くしか石出の無実を証明出来ないのです」

「俺が真犯人だと証明出来るのか」

「必ず、証明します」

京介は力強く言う。

「無理なことだ」

「私を襲った三人は、あなたの知り合いではありませんか」

京介ははっきりとたずねる。

「まったく、思い込みの激しい男だ。そもそも、あんたは、十八年前の復讐をしようとしているんだ。そうだろう？」

「それもあります」

「それがすべてだ」

内堀は激しく言い、

「あんた、この男がなぜ、俺をつけまわすか知っているか」

と、蘭子に顔を向けた。

「あなたが真犯人だからではありませんか」

蘭子は落ち着いて答える。

「だから、どうして俺が真犯人だと思ったのかということだ。証拠がないのに俺を疑うのは、十八年前のことがあるからだ」

「十八年前？」

蘭子が怪訝そうにきき返す。

「聞いていないのか。そうか、この男は話していないのか」

蘭子が京介に顔を向けた。

「十八年前、内堀さんは嶋尾という名前だった。当時嶋尾さんに、ある疑惑がかかった」

「疑惑？」

蘭子はきき返す。

「当時女子高生だった福沢波留美さんが、嶋尾さんに呼び出された夜、盗難車による轢き逃げで死んだんだ。波留美さんに新しい彼氏が出来、それを嫉妬した嶋尾さんの仕業ではないかと疑われた。いや、容疑は濃かった。だが、警察は嶋尾さんを捕まえなかった。圧力がかかったのだ」

嶋尾の父親が市会議員の後援会会長だったという話をし、

「その後、嶋尾さんは札幌を離れた。それから消息は不明だった。逃げたのだと思った。あれから十八年、思いがけない再会をしたんだ。石出淳二の弁護士として事件関係者の内堀さんに会ったときにね」

「…………」

「内堀というひとの養子になっていたんだ」

「鶴見弁護士は」

と、内堀が続ける。

「俺が波留美を殺したと思い込んでいる。だから、寿美子を殺したのも俺だと思っているのだ。思い込みで、俺を疑っている。あんたも弁護士なら、こんな無茶な話はないと思うだろう」

「どうなんですか。ほんとうに殺していないのですか」

蘭子は内堀の問いかけを無視してきく。

「当たり前だ」

腕時計に目をやり、

「失礼する。これから行くところがあるので」

「どちらに？」

「そうだ。あなたたちもせっかく金沢に来たんだ。少し、金沢の文化に触れるといい」

「文化？」

「二時から県立音楽堂の邦楽ホールで、『金沢芸妓の舞』というイベントがある。芸妓の踊りとお座敷遊びが体験出来る。今日は主計町《かずえまち》の芸妓が踊る。伝統芸に触れ、くだらぬ思い込みから解放されたらどうだ」

「内堀さんもそこに？」

京介はきく。

「俺は知り合いの芸妓が出るので顔出しするが、すぐ引き上げる」

「そうですか」

内堀がずっといっしょなら行っていいと思ったのだが、そうではないようだ。

「気が進まないか。そういう心の余裕がないから偏った考えしか出来ないのだ。じゃあ、俺は失礼する」

内堀は立ち上がった。

「また、お会いしたいのですが」

京介も立ち上がる。

「しつこいな」

内堀は舌打ちしたが、

「明後日、東京に行く用がある。そのとき、連絡する」

と言い、引き上げていった。

「どう思う？」

京介は蘭子に感想を求めた。

「わからないけど……。でも、あのひと、何かに怯《おび》えているようだったわ」

「怯えている?」

京介は意外な感想に驚いた。

「どうして、そう思うの?」

「手のひらを何度もおしぼりで拭いていたもの。きっと汗をかいていたんだわ」

「そうかな。僕には自信家で、傲岸な男にしか見えないけど」

「強がっているだけで、案外と気が小さいんじゃないかしら」

思いがけない蘭子の指摘に、京介は戸惑った。

「これからどうします?」

蘭子がきいた。

「内堀にもっと食い下がろうと思っていたんだが」

「じゃあ、山中温泉に行ってみたいわ」

「山中温泉?」

「寿美子さんが住みついた土地に行ってみたいの」

何か考えがあるように、蘭子は目を輝かせた。

2

金沢駅から特急に乗って三十分ほどで、加賀温泉駅に着いた。

まだ三時前だ。タクシーで山中座まで行く。

山中座と並んで『菊の湯』という共同湯がある。ともに、瓦屋根《かわらやね》に和風の丸みを帯びた優美な造りだ。この菊の湯は女湯で、男湯の建物は広場を挟んで向かいにあった。

男湯の菊の湯は重厚な建物だった。

外壁に、山中節の由来が書かれた額が飾ってある。

蘭子はそれに見入った。


元禄年間（西暦一七〇〇年頃）北海道と本州を結んで日本海を北前船が往来した。その北前船の船頭衆は秋山々が紅葉する頃、長い航海から帰り、この山中温泉でゆっくり旅の疲れをいやした。そして湯治中北海道で習い覚えた江差追分を湯の中で唄い、その唄を聞いたゆかたべー（浴衣を持って客を湯に案内する土地の娘達）がやがて湯座屋やがて湯座屋……


「このあと、文字が薄くて読めないわ」

蘭子が呟き、

「ようするに、ゆかたべーといわれる女の子たちが、節に合わせて言葉を掛け合ったことから、山中節が生まれたというわけね」

「今の『正調山中節』は、百年ほど前にお座敷唄として世に広まったそうだ」

どこかで読んだのを、京介は話した。

「その正調山中節を、認知症にかかった清子さんが唄ったのね」

「うむ。それを聴いて、寿美子さんは山中温泉に来る気になったんだ」

「でも、どうして、そこまで寿美子さんは魅入《みい》られたのかしら。それほど、寿美子さんは清子さんのことが好きだったのかしら。それとも、もともと民謡が好きだったのかしら」

「そうだね。柏田先生は、昔『山中しぐれ』という小唄を習ったそうだ。その中に、アンコで山中節が唄われている。先生は、その歌詞にあるこおろぎ橋に憧れたそうだ。それで、いつか行ってみたいと……」

京介は自分でも顔色が変わるのがわかった。

「どうしたんですか」

蘭子が怪訝な顔をした。

「寿美子さんは清子さんの山中節に魅せられただけで山中温泉に来たのではないかもしれない。もしかしたら……」

想像になるがと断ってから、

「寿美子さんは山中節を知っていたのではないだろうか。いや、小さい頃に聴いたことがあったのだ。清子さんの唄を聴いて、そのことを思いだしたんじゃないだろうか」

「清子さんの唄を聴いて、自分が知っている唄だと思ったというわけ？」

「いや。聴いたことがある唄だと思ったんだ。清子さんが亡くなって、いったん広島の実家に帰った彼女はそのことが気になって山中温泉に来た……」

ふいに、山中節が聞こえてきた。

広場の端に、石の土台の上に木の櫓《やぐら》が建っている。からくり時計で、その前に人だかりがしていた。ちょうど四時だ。

京介と蘭子は時計台に向かった。

時計から着物姿の女の人形が踊りながら出てきた。

「これが山中節なのね」

蘭子が唄に聴き入った。

「清子さんの唄を聴きながら、聴いたことがある唄だと思ったんだ。山中と歌詞にあるから、題名を知るのはたやすかったはずだ」

京介は寿美子の心に触れた思いがした。

京介は足を引きずりながら山中座に向かう途中も、寿美子に思いを向けていた。

寿美子はこの地にやって来て、スナック『しぐれ』で働きながら、清子を知るひとを探した。そして、清子が六十年ぐらい前にこの土地で芸妓をしていたとわかった。美人で唄もうまくて売れっ子だったという。

清子は二十五歳のとき、客で来ていた平田徳造という男性と深い仲になって、山中温泉を出ていった。

「平田徳造だ」

京介はふいに口にした。

「平田徳造？」

「清子が好きになった男だ。金沢で商売をやっていたらしい。ひょっとして、清子は山中節を寿美子に聴かせたとき、平田徳造のことを匂わせたのではないだろうか。だから、よけいに山中温泉に行きたくなったのではないか。ともかく、平田徳造を探してみたい」

「わかったわ。手掛かりは？」

「料理屋の大女将だ」

旅館をやっていた頃の宿帳を保管していて、そこから平田徳造の名がわかったのだ。

「寿美子さんも平田徳造を探したのかしら」

「そもそも平田徳造の名前を調べたのは寿美子さんだ。ちょっとここで待っててくれないか。スナックに行って、料理屋の名前を聞いてくる」

「ひとりでだいじょうぶですか」

「平気だよ。ただ、ちょっと時間を食うかもしれないけど」

「はい」

山中座に蘭子を残して、京介はゆげ街道にあるスナック『しぐれ』に足を引きずりながら向かった。

まだ、開店前だが、先日のボーイがいた。

「ああ、どうも」

ボーイが掃除の手を休めた。

「ママはまだです。どうしましょうか」

「すみません。ちょっと教えていただきたいのですが、元旅館で今は料理屋になっているお店は何という名かわかりますか」

「『花屋』ですね。菊の湯の近くです」

ボーイはあっさり答えた。

「他にそういうお店は？」

「料理屋になっているのは、そこだけです」

「そうですか。それがわかれば十分です。『花屋』の大女将はまだお元気でいらっしゃいますか」

「確か、二年前にお亡くなりになったはずです」

「亡くなった?」

「ええ、九十歳を超えていたそうです」

「そうですか」

「ママは、いいんですか」

「ええ。よろしくお伝えください」

京介は店を出た。

山中座に戻ると、ちょうどホールからたくさんのひとが出て来るところだった。山中節の公演が終わったようだ。

毎週土日、祝日の十五時半から十六時半まで定期公演があるという。

ひとが少なくなったが、蘭子の姿がなかった。

外に出て、広場を見回す。どこにもいない。京介は焦った。足の痛みをこらえ、からくり時計まで走り、その先を見る。

それから菊の湯の男湯の建物を一周した。どこにも見当たらなかった。自分が襲われたように蘭子に何かあったのかと、京介はうろたえた。

再び、山中座のほうに戻ろうとすると、蘭子がやって来るのが見えた。京介は夢中で駆け出した。

「だいじょうぶか」

駆け寄って、京介は問いかけた。

「ええ」

蘭子はきょとんとしている。

「いないから、探したんだ」

「ごめんなさい。芭蕉《ばしょう》の館に行ってきたの」

と、蘭子はぺこんと頭を下げた。

「芭蕉の館？」

「〝おくのほそ道〟の旅で、芭蕉がこの地にやって来たんですって。曾良《そら》の旅日記に山中にやって来た記述があるの」

蘭子は目を輝かせた。

「あの共同湯の菊の湯。芭蕉が詠んだ、『やまなかや菊は手折らじゆのにおひ』から名づけたんですって」

「そう」

京介は拍子抜けした。

京介もいつもなら芭蕉がこの地に来たという話に飛びつくところだが、今はそれどころではなかった。

「あっ、ごめんなさい。で、どうでした？」

「『花屋』という料理屋だ。ただ、そこの大女将は亡くなったそうだ。でも、今の女将さんに話をきいてみる」

「わかったわ」

教わった場所は、蘭子が今見てきたという芭蕉の館の近くだった。

改築しているので旅館の面影はない。玄関を入り、出て来た和服の仲居らしい女性に、

「すみません。女将さんにお会いしたいのですが。私は東京の弁護士で鶴見と申します」

と、面会を申し入れる。

「弁護士さんですか。少々お待ちを」

仲居は奥に引っ込んだ。

しばらくして、六十年配の身ぎれいな婦人がやって来た。

「何か」

「私は槙野寿美子さんが殺された事件で被告人の弁護をしている鶴見と申します。以前に、寿美子さんがこちらの大女将さんに芸妓だった女性のことでお訊ねに上がったことがあるようですが、覚えておいででしょうか」

「ええ、知っています。私が寿美子さんから話を聞き、母に確かめたのですから」

「旅館時代の宿帳を持っておられたそうですね」

「はい」

「その宿帳はまだおありでしょうか」

「いえ。母が亡くなったとき、棺に納めました」

「そうですか」

京介は落胆した。

「何か」

女将がきく。

「芸妓の清子さんと親しかった平田徳造というひとのことを知りたかったのです」

「宿帳に書かれていたことなら覚えておりますよ」

「えっ？　ほんとうですか。平田徳造さんがどこに住んでいたか書いてありましたか」

「金沢市東山『平田徳三郎《とくさぶろう》商会』と書かれていました」

「何をしている店なんでしょうか」

「金箔の製造、販売のお店の若旦那だったようです。母の話ではきりりとした、色っぽい男性だったそうです。清子さんとは美男美女で、座敷でふたりが並んでいる姿はまるで芝居の世界のようだったと言ってました」

「平田さんは独身だったのですか」

「いえ、奥さんがいたようです」

「清子さんは平田さんを追って、芸妓を辞めて金沢に出たのですか」

「平田さんの子を身籠もったんじゃないかと、母は言ってました」

「そうですか。で、その後、平田さんは山中温泉には？」

「来なくなったそうです」

「そうですか。今も『平田徳三郎商会』はあるのでしょうか」

「母はないと言ってました」

「ない？　店を畳んだということですか」

「そうじゃないかしら。失礼」

女将は、やって来た客の応対に向かった。

「忙しそうだ。行こうか」

京介は言い、女将がこっちに戻ってきたとき、

「だいぶ参考になりました」

と、礼を言って引き上げようとした。

「寿美子さんを殺したのは出所したばかりの男なんでしょう。違うの？」

「真犯人は別にいます」

「えっ」

もっといろいろききたそうな女将に会釈をして、外に出た。

「『平田徳三郎商会』のことを調べるの？」

「そうだ。平田徳造がどうなったのか知りたい」

調べなければならないと、京介は自分に言い聞かせた。寿美子も調べたはずだ。そして、寿美子が頼る相手はひがし茶屋街で伝統工芸品の店をやっている柿本麟太郎に違いない。

「ねえ、せっかくだからこおろぎ橋に行ってみたいわ」

「でも、早く帰らないと」

「帰る？　どこへ？」

「どこへって、東京だよ」

「だって、『平田徳三郎商会』を探すんでしょう」

「うむ。俺は一泊していくけど、君は帰らないと」

「あら、私も、ごいっしょするわ」

「でも」

「だって、明日は日曜日よ。泊まっても全然問題ないわ」

「しかし」

「迷惑ですか」

蘭子が睨むように言う。

「とんでもない。うれしいよ。でも……」

「また、でも？」

「………」

「ねえ、ここに泊まりましょうよ。せっかく来たんだもの。ねっ、いいでしょう？」

「しかし、温泉ではひとり一部屋で泊まるのは無理だと思う。まさか、同じ部屋で泊まるわけには……」

急に、胸が騒ぐ。

「私は構わないわ」

「えっ？」

驚いたが、やはり、蘭子は俺のことを男として意識していないのだ、単なる事務所の先輩か兄のように慕ってくれているだけなんだと、次第に心が冷めていくのを感じた。

「そんなことをしたら、誤解されるよ。君の恋人に知られたら、俺は殺されてしまうかもしれない」

京介はあえて冗談めかして言う。

「ご心配いりません。恋人なんていませんから」

「いや、やめよう。先生に知られたら叱られそうだ。それに、この足だから温泉に浸かることも出来ない」

「そうね、ごめんなさい。自分勝手で」

蘭子は自分の迂闊《うかつ》さを責めるように頭を下げた。

「そんなことない。金沢で、ビジネスホテルを探そう」

「ええ」

蘭子はしおらしく頷く。

「あの、わがまま言っていいかしら」

蘭子が遠慮がちに言う。

「なに？」

「こおろぎ橋を見てみたいの」

「そうだな。せっかく来たんだから。よし、行ってみよう」

「ありがとう」

「その代わり、もう勝手に動き回らないこと。いいね」

「はい」

今度は素直に答えた。

ゆげ街道とよばれる目抜き通りを歩き、およそ十分ほどでこおろぎ橋にやって来た。

鶴仙渓の新緑に包まれ、檜の橋が浮かび上がるように目に飛び込んできた。

った。

「まあ、すてき」

蘭子が橋の真ん中辺りで欄干から下を覗いた。渓谷に流れる川がずっと下のほうにあった。

木の欄干の向こうは繁茂する樹の枝が両岸から伸び、緑の葉で覆われている。蘭子は渓谷のほうに目をやりながら、眼鏡を外し、頭の後ろに束ねていた髪の毛を解いた。京介は蘭子の後ろ姿に見とれていた。

いつの間にか、本気で蘭子に惹かれている自分に気づく。黄昏《たそが》れて、辺りは薄暗くなりかけているが、蘭子の周辺には残照のように明るさが残っている。

そのとき、ふいに蘭子が振り向いた。長い髪が顔にかかったのを片手でかき上げ、はじらいを含んだような微笑《ほほえ》みに、京介は目が眩《くら》むような衝撃とともに胸が激しく締めつけられた。

3

翌朝、明るい陽射しを受け、京介は目を覚ました。ビジネスホテルの一室だと気づくまで少しの間が必要だった。

きのうはこおろぎ橋からタクシーで加賀温泉駅に行き、金沢行きの特急に乗った。そして、金沢駅前にあるこのホテルにチェックインしたのだ。

顔を洗い、着替えを済ませて、部屋を出る。

向かいの部屋のドアを叩くと、すぐ蘭子が出てきた。

「おはよう」

「おはようございます」

蘭子が目を伏せて言う。

ゆうべのことがたちまち蘇る。ホテルにチェックインしたあと、フロントでカニ料理の店を紹介してもらい、浅野川沿いにある居酒屋割烹《かっぽう》のカウンターで酒を呑み、カニ料理を堪能した。

京介も蘭子もよく呑んだ。店を出るとき、京介はかなりいい気持ちになっていた。タクシーを呼ばず、浅野川沿いを歩いた。そのときには足の痛みを忘れていた。

微かに、蘭子の手を握った記憶が残っている。驚いたように、彼女は手を引いた。だが、京介は放さなかった。

やがて、蘭子が京介に腕をからめてきた。記憶の断片に、京介は蘭子の肩を抱いたような気がする。

夢だったのだろうか。

エレベーターで二階にある朝食会場のレストランに行く。

バイキング形式で窓際に席を見つけた。料理を持って来て、食べはじめる。テーブルで向かい合っても、蘭子にいつもの饒舌《じょうぜつ》さがない。

しかし、表情は輝いていていきれいだった。

「何か」

蘭子が顔に手をやった。

「なんでもない」

「気持ちのいい青空ね」

窓の外に目をやって、蘭子が言う。

「うん、いい天気だ」

「足、どうですか」

「もう、痛みはないよ」

山中座の前を蘭子を探して走ったときからぶり返したように痛みがあったが、今はだいぶ引いていた。

「今度、山中温泉に泊まろう」

京介は大胆なことを言った。

「はい」

素直に頷く蘭子を見て、京介ははっとした。

ゆうべ、俺は……。こおろぎ橋で振り向いた蘭子を見た瞬間、この女を手放してはだめだという、激しい思いに突き動かされた。

酔って浅野川沿いを歩きながら、その思いが爆発したのではないか。昨夜、彼女と唇を合わせた夢を見た。

夢ではなかったのか。

最後にコーヒーを飲んで、いったん部屋に戻った。

ひがし茶屋街で伝統工芸品の店をやっている柿本麟太郎の携帯に電話をかけた。

「もしもし」

相手が出た。

「朝早くから申し訳ありません。先日、お邪魔した弁護士の鶴見です。今、金沢に来ています。また教えていただきたいことがあるのですが」

「わかりました。十時に、この前の茶屋街の近くにある喫茶店でいかがですか」

「承知しました」

電話を切り、支度をしてから部屋を出た。

ひがし茶屋街はすでに観光客でいっぱいだった。

この前の喫茶店で待っていると、柿本がやって来た。蘭子を同僚の弁護士と紹介して

から、

「槙野寿美子さんから『平田徳三郎商会』のことをきかれませんでしたか」

「平田徳三郎ですか。いえ」

「金箔の製造、販売をしていたそうです。かなり昔になくなっているそうですが、名前を聞いたことはありませんか」

「いえ、ありません。寿美子さんはその店のことを調べていたのですか」

「そうなんです」

「そういえば……」

何かを思いだしたのか、柿本は大きく頷いた。

「一度、金箔のお店を紹介してと頼まれたことがあります」

「紹介したのですね」

「はい。近所にある『生方金箔《うぶかた》』さんです。箸や小箱に金箔を貼る体験が出来るので、それが目的かとも思ったのですが」

「『生方金箔』は古いのですか」

「創業は大正だそうです」

「『平田徳三郎商会』は六十年前にあったお店です。その頃のことをご存じの方はいらっしゃるでしょうか」

「大旦那がまだご健在でいらっしゃいます。九十ですから」

九十なら、平田徳造と同年齢ぐらいだ。

「お会いになるなら、きいてみましょうか」

「はい。お願いいたします」

柿本は携帯を取り出した。

「柿本です。ご隠居さんはいらっしゃる？　謡の稽古？　そう、すまない。槙野寿美子さんのことだと言って」

柿本がきいてくれている。

平田徳造のことを、寿美子は『生方金箔』の隠居からも聞いたのに違いない。

「もしもし、そう。ありがとう。助かる」

柿本が電話を切った。

「ご隠居さん、ここに来るそうです」

「えっ、わざわざ？」

「いえ、ときたまここにコーヒーを飲みに来ているんですよ」

「そうですか。ご隠居は謡を習っていらっしゃるんですか」

「ええ。師匠のところに通っているようです。今は、自宅でひとりで稽古をしていたそうです」

やがて、和服の老人がやって来た。

薄くなった白髪で、顔にも染みがあるが、色艶はよく若々しかった。とうてい九十歳には見えない。だが、厚い唇の端がややめくり上がり、眼光も鋭いので、頑固で偏屈そうな印象があった。

どこかで見かけたことがあると思った。

「生方さん。すみません」

柿本が立ち上がって迎えた。

「コーヒーを飲みたいと思っていたところだ。別に、呼ばれたから来たわけではない」

声にも張りがある。

「こちら、東京の鶴見弁護士です」

「鶴見です」

京介は名刺を差し出し、

「同僚の牧原です」

と、蘭子を引き合わせる。

ウエイトレスが水を置いて注文もきかずに引き返した。柿本も呼び止めようともしないのは、注文するものが決まっているのだろう。

「名刺をもらっても仕方ない」

隠居はつまらなそうな顔で名刺を押し返した。

頑固で偏屈そうな印象が当たっているかと思ったとき、京介はあっと声を上げた。

「生方さんは、去年の十一月、県立能楽堂にいらっしゃいませんでしたか」

「うむ？」

隠居の表情が和らいだ。

「確か、番組は『敦盛《あつもり》』と『山姥《やまんば》』、間に狂言の『入間川《いるまがわ》』でした」

「あんたもいたのか」

「はい。私の席の並びに、謡の本を見ながら真剣に観入っている和服の男性がいました。生方さんではありませんか」

「そうだ。わしだ」

隠居は顔つきが変わった。

「いつもあそこでお復習《さら》いをしているんだ。そうか、あんたも能が好きか」

「じつははじめてなんです。能はまったく素人ですが、わからないなりに惹きつけられました。とくに、『山姥』の後シテの舞には魅せられました。激しい足の捌《さば》きにも頭は微動だにせず、素人ながら感動しました」

「よかったか」

「はい」

「よし。能を観る者に悪い人間はいない。わしの持論だ」

満足げに頷き、運ばれてきたコーヒーに口をつけた。

「うまい」

来たときと違い、上機嫌になっている。

「槙野寿美子さんの件ということだったが？」

カップを置いて、隠居は切り出した。

「はい。私は寿美子さんを殺した疑いで起訴された石出淳二の弁護人をしています」

「うむ」

隠居は難しい顔になった。

「寿美子さんから、平田徳造さんのことをきかれませんでしたか」

「きかれた」

「平田徳造さんは、六十年ほど前、山中温泉で芸者をしていた清子さんと愛し合うようになったそうです。清子さんは平田さんを追って、山中温泉を離れたということでした。その平田さんのことを調べていたのですね」

「そうだ。その平田徳造がどうしたか知らないかときかれた」

「ご隠居さんは平田徳造さんをご存じでいらっしゃいますか」

「知っている。同業だったからな。『平田徳三郎商会』は徳造の父親が社長だった。徳造とは趣味が違うからいっしょに遊ぶようなことはなかった。奴はこっちの芸妓ではなく、山中温泉の芸妓に惹かれた」

「どうしてなんでしょうか」

「山中節だ」

「山中節？」

「組合の寄合が山中温泉であったとき、土地の芸妓の山中節を聴いてすっかり気に入ってしまったようだ。仲間には、山中節を覚えるんだと言っていたようだ」

「では、自分でも山中節を唄っていたのですね」

「うむ。寄合の宴席で唄ったことがあるが、うまいものだった」

「芸妓の清子さんが徳造さんのあとを追ったと思いますが」

「いや。徳造は妾なぞ、囲っていなかった。本妻との間に子どもがいた。家庭に波風が起きたという噂は聞かなかった。たぶん、清子という芸妓が徳造を追ってきたというのは間違いではないか」

「違うんですか」

「うむ。寿美子さんにも、そう話した」

「では、清子さんはなぜ芸妓をやめたのでしょうか。やはり、妊娠でしょうか」

「そうだと思う。徳造の子だろうが、金沢で清子の噂は立たなかった」

「徳造さんには子どもがいたのですね」

「男の子と女の子がいた」

「で、『平田徳三郎商会』はどうなったんですか」

「『平田徳三郎商会』はそのうち、『平田金箔』と名を変えて、商売もいっきに広げたんだ。そんなときに、徳造の父親が脳溢血で倒れた。あとを継いだ徳造も頑張っていたんだが、道楽者の息子がギャンブルに手を出して、三十年ぐらい前に借金の形《かた》に店をとられてしまった」

隠居は痛ましげに、

「息子は首をくくり、残された徳造夫婦は東京に嫁いだ娘に引き取られたと聞いた。だが、ほどなく病死したそうだ」

「いたましい。そんなに不幸が続くなんて」

「徳造の父親は真面目一徹なひとだったが、徳造は遊び人だった。そして、その息子が輪をかけたような道楽者だった」

「徳造さんの娘さんはご健在なのでしょうか」

「わからない」

「どなたか、ご存じの方はいらっしゃいませんか」

「確か、『卯辰屋《うたつや》』の女主人が徳造の娘と同級生だったと聞いたな」

「『卯辰屋』というのは？」

「宇多須《うたす》神社の近くにある和菓子屋だ」

「その方にきけば、徳造さんの娘さんのことはわかるのでしょうか」

「わかると思うが」

「宇多須神社はどこに？」

「ここからそう離れていない」

「寿美子さんに『卯辰屋』のことはお話に？」

「いや。話してない。『平田金箔』がなくなった経緯を知ってショックだったのか、それ以上は何もきかなかった」

寿美子には、それ以上訊ねる必要はなかったのだ。

「いろいろ参考になりました」

京介は礼を言い、柿本にも頭を下げ、喫茶店を出た。

教わったとおりに裏道を行くと、宇多須神社に出た。そこから少し行ったところに、古い民家ふうの店構えの和菓子店が見えてきた。

ケースに色とりどりの和菓子が並んでいる。

店員に、女将さんに会いたいと頼んだ。

「外出していて、あと三十分ほどで戻ると思います」

「そうですか。では、その頃、参ります」

京介は店を出た。

「どうしようか」

「さっきの神社に行ってみましょうよ」

「宇多須神社だったね」

ふたりはそこに行った。

鳥居を潜る。その先にある石段を上がり、正面の社殿に向かう。

蘭子が声を上げた。

「あら」

「あれ、忍者よ」

指さした社殿の床下に忍者が潜んでいた。別のところにも忍者の人形がいた。

蘭子は楽しげに携帯で写真を撮った。

改めて、社殿の階段を上がり、参拝した。

京介は石出淳二を救い出すことが出来るように、そしてもうひとつ、蘭子との仲が進展しますようにと願った。

合掌した手を下ろしたが、横でまだ蘭子は手を合わせていた。

社殿を離れてから、声をかけた。

「ずいぶん、たくさんのお願いをしたようだけど」

と、微笑んで言う。

「ひとつだけ」

「ひとつだけ？」

「ええ、私の願いはたったひとつ」

そう言い、いきなり逃げるように駆けだした。

その後ろ姿を目で追いながら、京介は切なくなった。


再び、『卯辰屋』に向かう。

京介が声をかけると、さっきの店員は奥に向かい、中にいる人間をよんだ。すぐ、六十半ばぐらいの女性が出てきた。

「私に何か」

色白のふくよかな顔を向けた。

「東京から来ました弁護士の鶴見と申します」

名刺を差し出す。

「『生方金箔』のご隠居さんから聞いてきました。『平田金箔』の娘さんと同級生だったとお伺いしました」

「好子《よしこ》さんのこと？」

「好子さんと言われるのですか、平田徳造さんの娘さんは？」

「そうです」

「好子さんとはずっとお付き合いを？」

「いえ。結婚して東京に行ったあと、実家の『平田金箔』で不幸があったでしょう。それからは、付き合わなくなったわ。それまでは年賀状のやりとりをしていたけど。昔の知り合いに会うのがいやだったんでしょうね」

「そうですか。で、好子さんが結婚して、どういう苗字になったかわかりますか」

「さあ、なんだったかしら。もう、三十年以上も前のことだから……」

「槙野では？」

「槙野……。そう、槙野さんよ」

「槙野好子さんに子どもがいたのを覚えていらっしゃいますか」

「ええ、年賀状に書いてありました。上が男の子で下が女の子だと」

「女の子の名を覚えていますか」

「いえ」

「そうですか」

「好子さん、どうしたのかしら」

「だいぶ前にお亡くなりになったそうです」

寿美子の亡骸《なきがら》は広島にいる兄夫婦に引き取られたと、警察から聞いている。

「平田さんの一家はなんだか不幸だわ」

女将はしんみりと言った。

新しい客が入ってきて、立て込んできた。

「お邪魔しました」

礼を言い、店を出た。

「槙野寿美子さんは平田徳造の孫だったのね」

「そうだ。そして、石出淳二もまた、平田徳造の孫だ」

「でも、変ね」

蘭子が疑問を呈する。

「お祖父さんがいっしょでも、それぞれの子の子だから、四親等になるわけでしょう」

何を言いたいのかわかった。

三親等内の結婚は禁じられているが、四親等であれば結婚は出来る。いとこ同士だから、寿美子は石出と別れなければならないという理由はない。

それとも寿美子は、祖父が同じだから結婚は出来ないと思い込んでしまったのだろうか。この勘違いが、寿美子が石出と別れようとした理由なのだろうか。

このことを、石出に告げようとして言い出せなかったのか。

内堀を真犯人だと証明する手掛かりは得られなかったが、石出がずっと気にしていた寿美子の話したかったことがわかった。だが、どこかすっきりしないものがあるのも事実だった。

4

東京に帰った翌二十四日、京介は拘置所に行った。

接見室で待っていると、窶れた表情で石出がやって来た。

「元気がないようですが、体調はいかがですか」

京介は心配してきく。

「まあまあです」

声にも力がない。

真実を話すことはさらに石出に打撃を与えかねないと思ったが、真実こそひとを救うという柏田の言葉を思いだして、京介は口にした。

「寿美子さんが、あなたのマンションの部屋で何を語りたかったのかがわかりました」

「えっ？」

石出は顔を上げた。

「寿美子さんが、清子さんが唄った山中節を聴いて心が揺さぶられたのは、単に清子さんの唄が上手だったというばかりではないのです」

「…………」

「寿美子さんは、幼い頃から山中節を聴いていたんです。祖父が唄っていたのを覚えていたのでしょう。想像するに、お風呂に入ると、祖父はいつも山中節を唄っていたとか。それが耳に残っていたのです」

石出の目が驚きで異様に光っている。

「清子さんの山中節を聴いて、寿美子さんはすぐ山中温泉に伝わる民謡だとわかったはずです。清子さんが亡くなったあと、寿美子さんは、清子さんと山中の関係が気になりだしたのではないでしょうか」

石出は何か言いたそうに唇を動かしたが、声にはならなかった。

「寿美子さんは山中温泉に住みついて清子さんのことを調べ、若い頃芸者をしていたことを知りました。その頃、清子さんは金沢から遊びにくる平田徳造という男性と恋愛関係になったのです。徳造さんも山中節が好きでよく唄っていたそうです。やがて、清子さんは平田徳造の子を身籠もりました。しかし、徳造さんには妻子がおり、いっしょになることは出来ません。それで、清子さんは山中を離れ、別の土地で子どもを産んだのです。そのとき、徳造さんの援助があったかどうかはわかりません。清子さんは無事に女の子を出産した。それが、あなたのお母さんです。お母さんはその後、結婚し、あなたが生まれた。だが、あなたが小学一年のとき、ご両親は交通事故で亡くなった……」

石出は俯いて聞いている。

「平田徳造は金沢で『平田金箔』という会社をやっていましたが、徳造さんの父親が脳溢血で倒れ、徳造さんの息子がギャンブルで多額の借金を背負ったことなどから『平田金箔』は倒産しました。今から、三十年以上も前の話です。徳造さん夫妻は嫁いでいる娘さんのところに身を寄せたのです」

京介は間を置き、

「徳造さんの娘が結婚したのは槇野というひとでした。そうです。寿美子さんは徳造さんの孫になるのです」

石出の目が見開かれた。

「あなたと寿美子さんの祖父は平田徳造なのです。この事実を知り、寿美子さんはあなたといっしょになれないと諦めたのでしょう。でも、この事実をあなたになかなか告げることが出来なかった。それほど、あなたのことが好きだったのでしょう。しかし、これは寿美子さんの勘違いです。あなた方は四親等に当たり、結婚は可能なのです」

「………」

「もし、寿美子さんが勘違いをしていたなら、なんとも不幸な勘違いと言わざるを得ません」

「信じられません。そんなことで……」

石出は呟くように言い、

「それだったら、あのとき、怖がらず素直に彼女の話を聞けば、誤解を解いてあげることが出来たかもしれない」

と、悔しそうな顔をした。

「真実って残酷ですね」

石出がぽつりと言う。

「………」

京介は返す言葉がなかった。

真実はほんとうにひとを救うのですかと、問われている気がした。

その夜の九時少し前、京介は新橋のホテルの、地下にあるバーの扉を押した。カウンターに三卓のテーブル席があるだけだ。

カウンターの端に、内堀がすでに来ていた。

「早かったのですね」

京介は横に座る。

「うむ。異業種交流会があってね。そのあとのパーティも途中で抜けてきた」

「水割りをください」

京介はバーテンに注文する。

「金沢でいっしょにいた彼女、美人だな」

少し酔っているのか、いきなり、内堀が切り出した。

「同じ事務所の弁護士です」

「すぐ、言い訳するところをみると、出来ているな」

「そんなんじゃありません」

「むきになるところも怪しい」

「…………」

京介は言葉に詰まった。

「あれから、どうしたんだ?」

内堀がきく。

「山中温泉に行ってきました。いえ、調べ物です」

「何かわかったのか」

「寿美子さんのことです」

「どうぞ」

バーテンが水割りグラスを置いた。

「まあ、とりあえず、乾杯だ。仇同士に」

内堀はブランデーグラスを差し出した。

「では」

京介もグラスを持った。

「彼女の何がわかったのだ？」

「彼女は幼少の頃から祖父の唄う山中節を聴いていたようです。自分が介護をしていた清子さんの山中節を聴いたとき、自分が知っている唄だと思ったんでしょう。それで、清子さんのことが気になって山中温泉に行ったんです」

その後の展開を話した。

「つまり、寿美子さんと石出淳二は、祖父が同じ平田徳造さんなんです」

「要するに、ふたりは血族だったというわけだな」

「そうです」

「しかし、それだけの話だ。そういう関係なら、結婚も支障ないはずだ」

「寿美子さんは、結婚できないと勘違いしたのかもしれません」

「そんなはずないだろう」

内堀はあっさり言う。

「ほんとうに好きなら、ほんとうに結婚出来ないのか自分で調べるはずだ。違うか。こんな大事なことを、自分勝手に判断すると思うか」

「…………」

京介は唸った。確かに内堀の言うとおりだ。これが、ふたりが実の兄妹だったなら衝撃を受けるだろうが、祖父がいっしょなだけで、祖母は違うのだ。その事実を知ったとしても、とり乱したりはしまい。もっと冷静に判断出来たのではないか。

京介は混乱した。では、寿美子が石出と別れようとした理由は何か。石出に何を打ち明けたかったのか。

「札幌には帰っているのか」

いきなり、内堀がきいた。

「だいたい正月には。あなたは帰っていないんですか」

「札幌を出てから一度も帰ってない。俺の居場所もないしな」

内堀は自嘲気味に言う。

「知り合いはたくさんいるんじゃないですか」

「縁を切った」

「ご家族は、兄弟は？」

「俺のような男がいなくなって、せいせいしているんじゃないか」

「そんなことないと思います」

「そうに決まっている。俺が内堀の家に養子に入ったのは、おやじたちが俺を追い払うためだ。後援している市会議員に頼んで養子先を探してもらったんだ」

「寂しくはないのですか」

「まあ、仕方ない。迷惑のかかることばかりをしてきたからな。また、嶋尾の名前で問題を起こされたら困る。そういうわけで、強引に養子先を探したんだ」

「養父の内堀さんはどんな方だったのですか」

「わからない」

「わからない？」

「会ったのは数回だ」

「じゃあ、いっしょに暮らしていたわけじゃないんですか」

「ひとりで生きてきた。大学は中退、二十歳で、小松にあるコンピュータ会社に勤め、二十八歳のときにベンチャー企業を立ち上げた。仕事は順調だった。結婚もし、子どもまでもうけた。あるときまでは仕合わせだった」

「あるときまで？」

「寿美子と出会うまでさ」

内堀は自嘲するように言い、グラスを傾けた。

「あんたは波留美のことが好きだったのか」

いきなり、内堀が話題を変えた。

「友達のお姉さんでしたが憧れていました。家に遊びに行って、波留美さんが高校から帰ってくるのを待ちわびました。帰って来たときに、出迎えると、ありがとうと言ってくれるんです。制服姿と違った私服が大人びて素敵でした」

京介は、さらに続ける。

「あなたも好きだったんでしょう?」

「向こうから誘いをかけてきたんだ。ほんとうだ。最初は彼女のほうが俺に夢中だった。大学が終わるまで二時間も門の外で待っていてくれたこともあった。いじらしくて、だんだん、俺もその気になった。だが、俺が夢中になったとき、彼女は手のひらを返したように冷たくなった」

ブランデーグラスの琥珀色《こはくいろ》の液体の中に十八年前を見るように目を近づける。

「波留美さんがそんな女性だったとは信じられません」

「女なんてそういうもんさ」

内堀は口許を歪め、

「俺が誘っても何だかんだと言って断るようになった。他に彼氏を作っていたんだ」

「だから、波留美さんを殺したのですか」

京介は声を押し殺してきいた。バーテンは向こうの客の相手をしている。

「俺じゃない」

内堀は他人事のように言う。

「あなたです。いえ、私はそう思っています」

「弁護士らしからぬ物言いだな」

「…………」

「あんたは、憧れの女性が死んだことで、理性を失っている。感情が先走って、冷静さを保てなくなっているのだ」

「本能的な勘です」

「ますます、法律家らしからぬ発言だ。もし、警察が本能的な勘で被疑者を逮捕したら、あんたは徹底的に叩くだろう。自分だけは本能的な勘が許されると思うのは、極めて危険だとは思わないか」

「すみません。お代わり」

京介は水割りを頼んだ。

「勘の根拠はあります。波留美さんに新しい彼氏が出来て、そのことであなたは波留美さんを詰っていました。波留美さんはあなたに怯えていたんです。あの日、波留美さんはあなたに呼ばれて出かけたんです」

「彼女が嘘をついていたんだ。別の男に呼ばれたのを、俺だと言ったんだ。彼女に新しい彼氏が出来たというが、他にも付き合っている男がいたんだろう。その男との密会を隠すために俺に呼び出されたと言ったんだ」

「警察の調べでも、そんな男は出て来ませんでした」

「うまくやっていたんだろう」

「なぜ、あなたは札幌から逃げたんですか」

「さっき言ったろう。おやじたち周囲の人間が厄介払いをしたんだ。俺がいたんじゃ迷惑だったんだろう」

「厄介払いじゃありません。逃がしたんです」

「おやじたちに確かめたのか」

「いえ」

「それでよく、ひとを犯人扱い出来るものだ」

「波留美さんが死んで、両親の悲嘆は深いものでした。いまだに、悲しみにくれているようです」

「同情するが、俺のせいではない」

内堀は躱《かわ》し、

「そんな調子だから、寿美子殺しも俺のせいにしたがるのだ」

「あなたしかいません」

「また、はじまった」

内堀は苦笑して、

「寿美子は俺と付き合っていたんだ。俺には動機がない。寿美子が石出に走ったのならともかく、寿美子は石出と別れようとしていたんだ」

「あなたは、そのことを知らなかったはずです。あなたは寿美子さんが『第一総和マンション』に入っていくのを見て、石出さんとの深い関係を疑ったのです。思わずマンションの中に入り、寿美子さんと対峙したあなたは、離婚すると言っていたのはただの口実だったのかと責められて逆上した」

「証拠はない」

「ありません。あなたが、私を名誉棄損で訴えてくれることを期待したのですが、残念ながらしなかった」

「名誉棄損で訴えれば警察が動くと思ったのだろうが、仮に警察が動いたとしても、証拠は見つからない」

「いえ、あなたは殺すつもりで寿美子さんのあとを尾けたのではなかった。寿美子さんを殺したのは成り行きだったのです。だから、どこかであなたの痕跡が見つかるはずです」

「それは残念だったな」

「あなたは名誉棄損で訴える代わりに三人の若い男に私を襲わせました。怪我をさせ、石出の弁護人を下りるよう仕向けたのでしょう」

「それも、俺がやったという証拠はない」

「あなたの会社の入口を見張っていれば、その三人が見つかると思いましたが、見つけても無駄だと思いました」

内堀は聞いているのか聞いていないのか、ずっと考え込んでいるようだ。

「内堀さん」

京介は声をかけた。

「寿美子が石出のマンションに行ったのは何かを訴えるためだというが、それは祖父が同じだと言おうとしたのではない」

内堀が突然、顔を上げて言った。

「もっと大事なことだ」

「大事なこと？」

「結婚をためらうぐらい、もっと大変なことではないか」

京介は唖然《あぜん》と内堀を見つめる。

「内堀さん、どうしたんですか、いきなり」

「いや。寿美子の心に入り込んでみたのだ。結婚を断らなければならない理由が彼女にあったのだ。それは祖父が同じだという問題ではない」

京介が驚いたのは、なぜ、内堀がそのようなことを言い出したのかということだった。

一瞬、内堀は寂しそうな表情を見せた。

「何かあったのですか」

金沢で会ったあと、内堀は何かに怯えているようだと、蘭子が言った。そのことを思いだした。

「個人的なことだが、離婚した」

「離婚？　どうしてですか」

「このままじゃ、俺の悪い噂が金沢中に広まるからな。少しでも、妻や子への影響を抑えたい」

「…………」

「財産もすべて渡した」

「これからどうするんですか」

「いずれ、金沢を離れる」

また、逃げるつもりですかという言葉が喉元まで出かかった。

「俺は札幌を出てから、心安らぐ日々はなかった。常に、何かに怯えていた。その怯えから逃れようと、夢中で仕事をし、女にも救いを求めた。妻がいながら寿美子に惹かれたのは、彼女に俺と同じ匂いを感じたからだ」

「同じ匂い？」

「そうだ。彼女も何かに苦しみ、何かに救いを求めようとしていた。ふたりはお互いに似たものを感じ取っていたんだ。だから、俺たちは付き合いだしたんだ」

内堀は腕時計に目をやり、

「俺は、そろそろ引き上げる。今度、会うのは法廷だな」

と、寂しそうに笑った。

「内堀さん。私はあなたを真犯人として名指しして石出の弁護を行なうつもりです。周囲から非難を受けるのを覚悟して」

「証拠はないのにか」

「はい。弁護士生命を賭けて。波留美さんのためにも、私はあなたを法廷で問い詰めます。波留美さんの直接の仇を討てなくても……」

「予定弁論書」には真犯人を名指しする弁論を行なう趣旨を書くつもりだった。柏田の忠告を無視しての行動だ。

十八年前の事件は明らかにされなくとも、寿美子殺しで内堀を裁くことが、波留美への供養にもなる。その信念のもとに、京介はあえて真犯人の告発という暴挙に出るつもりだった。

柏田は許さないだろう。事務所を出ていかなければならないかもしれない。最悪の場合、内堀を追い詰めることも出来ず、無関係の人間を罪人呼ばわりした弁護士として、世間の非難を浴びることになるかもしれない。

しかし、それでもやらねばならないのだ。京介は悲壮な覚悟を固めたのだった。

5

四月二十七日、第二回公判前整理手続期日になった。

三十分前に京介が東京地裁の小会議室に入ると、すでに裁判長とふたりの陪席裁判官、そして郷田検事が来ていた。

「あっ、時間を間違えましたか」

早く来たつもりだったので、京介はあわてた。

「いえ、我々が事情があって早めに出てきたのです」

裁判長が気難しい声を出す。

京介は郷田に会釈をして横の椅子を引いた。裁判長とふたりの陪席裁判官は向かい側、その隣に裁判所書記官がいた。

郷田検事も陪席裁判官も表情が固い。やはり、「予定弁論書」の内容が問題となったようだ。すでに提出した弁護側の冒頭陳述というべき「予定弁論書」に、真犯人は内堀恭作であるという趣旨を書いた。

真犯人を名指しした弁護姿勢に裁判所から待ったがかかったのだと思った。柏田は厳しい顔で何も言わなかった。失望して、怒る気も失せたのか。が、内心の怒りは見てとれた。

「私の予定弁論書が……」

「鶴見弁護士」

京介が喋《しやべ》るのと、裁判長の声が重なった。

「はい」

京介は裁判長に顔を向けた。

「槙野寿美子殺害で、内堀恭作が自首してきたそうです」

「えっ?」

内堀が自首……。京介は耳を疑った。

「郷田検事から説明を」

裁判長が促す。

「はい」

郷田は横にいる京介に顔を向け、

「一昨日、槙野寿美子を殺したのは自分だと、内堀が所轄署に自首してきたそうです」

「まさか」

「ほんとうです。それで、事情を聞いたところ、現場の様子も寿美子が倒れていた状況もすべて真犯人でなければ知り得ないことばかりだったそうです。本庁の捜査員を呼び、自白の内容を調べた結果、すべて符合したのです。また、マンション近くのコンビニ前にある公衆電話から管理人室に電話を入れたのも内堀らしいということがわかり、真犯人だと断定しなければならなくなったと、地検に知らせてきました」

郷田検事は息を継ぎ、

「あの日、内堀は寿美子のあとを尾けてきたそうです。寿美子が石出のマンションの部屋を訪れたことに逆上し、石出が部屋を出た隙に入り込んで寿美子を責めた。ところが、寿美子が邪険な態度だったので、台所にあった包丁を摑んで発作的に刺してしまったということでした」

「鶴見弁護士の『予定弁論書』にも内堀恭作のことが書かれておりましたね」

裁判長が口を開いた。

「はい。私は内堀恭作の犯行を疑っていました」

京介は応じる。

「郷田検事から、公訴の取り消しをさっそく行なうという申入れがありましたが、鶴見弁護士が裁判でその点を指摘するようだったので、いちおう鶴見弁護士のお考えをお聞きしようと思いましてね」

石出淳二を犯人だと思って起訴したが、あとになって真犯人が名乗り出た。石出が犯人でないとわかったのだから、すぐ検察官は公訴を取り消すべきである。公訴の取り消しがされると、裁判所は公訴棄却の決定をする。

そうすれば、石出はきょう、明日にも拘置所を出て自由の身になる。そうすべきだと思ったが、京介は異を唱えた。

「公訴棄却では、起訴をなかったことにするのですが、石出淳二の場合は十三年間、身代わりの服役をし、出所後にこのような事件に巻き込まれ、起訴されたのです。いちおう、石出さんの意向を聞いてみますが、私としては石出さんに裁判で無罪を言い渡していただきたいと思います」

裁判長は横の裁判官と顔を見合わせてから、郷田検事に向かい、

「いかがですか」

と、きいた。

「そうですね。石出淳二は十三年前の事件は身代わりだったとはいえ、出所したばかりで事件を起こしたと世間では思われています。裁判で無罪を言い渡されたほうが本人のためになるかもしれません」

「そうですか。では、第一回の公判期日において、判決まで持っていきましょう」

裁判長が言う。

「ありがとうございます」

京介は思わず立ち上がって頭を下げていた。


翌日の午前中、京介は王子中央署に行き、内堀と接見した。

「内堀さん、驚きました」

京介は声をかけた。

「鶴見弁護士の目からはもう逃れられないと思ったんですよ」

内堀は前回会ったときより少し痩せて見えた。

「この前会ったときにはもう決めていたのですか。ひょっとして、離婚も？」

「ええ。私が逮捕されることで、妻と子どもに影響がないようにしたかったので」

内堀は寂しそうに言う。

「なぜ、寿美子さんを殺したのですか。凶器の包丁も石出さんの部屋にあったものですし、最初はあなたには殺す意志はなかったように思います。それなのに、なぜですか。寿美子さんの態度がゆるせなかったのですか」

「違います」

「では、なぜ？」

「妻とは離婚する、店を持たせてやると言っても、彼女は介護の仕事をしたいのだと言い、俺になびこうとしなかった。あのとき……」

内堀が言いよどんだ。

「あのとき？」

京介は促す。

「石出のマンションに入って行ったのを見て、介護の仕事をしたいと言っていたのは俺を避ける言い訳だったのだと思いかっとなった。出所した男といっしょになりたいのかときいたら、彼女は違うと答えた。自分は誰とも結婚しない、それが石出さんにせめて報いることだからと言った。そんな言い合いの最中、ふと俺を非難するような目をしたときの顔が波留美にそっくりだったんだ。俺は波留美が生き返ったと思って怖くなって」

「それで、包丁を摑んだのですか」

「そうだ。波留美が俺を許していないと思ったとき、夢中で刺してしまった」

「あなたは、波留美さんを殺したことも認めるのですね」

「ああ」

内堀は頷いた。

「彼女を呼び出し、盗んだ車で轢き殺した。俺の心を弄《もてあそ》んだことが許せなかったんだ。あんたらの言うとおりだ。十八年間、ずっと良心の呵責に苦しんできた。だから、寿美子の顔が波留美に見えてしまったのだ。結局、俺は波留美に復讐されたのかもしれない。寿美子さんにもすまないことをした」

「あなたは寿美子さんのことを本気で……」

「彼女は俺を拒絶しながらも、俺を傷つけないように気をつかってくれた。そんなやさしさにも惹かれたんです。だから、思い切ることが出来なかった。彼女のような女性に介護されるひとはきっと仕合わせだったでしょうに……」

内堀は深いため息をついた。その覚悟を決めた表情に、

「内堀さん。もしよろしければ、あなたの弁護をさせてください」

と、思わず声をかけていた。

「……ありがとう」

内堀は弱々しく微笑んだ。

午後、拘置所に行き、石出と接見した。

「きのう、検事さんがやって来て、真犯人が名乗って出たと話してくれました」

石出がほっとしたように言う。

「そのことですが、裁判で無罪を宣告されたほうがいいと思ったのですが、もし少しでも早く外に出たいのなら、公訴を取り消してもらいますが」

「いいえ。先生にお任せします」

「そうですか。では、裁判をはじめてもらいます。そこで、十三年前の事件についても触れようと思います。あなたが無実であることを。そして身代わりで服役したことを」

「先生」

石出が真顔になった。

「彼女がなぜ、私と別れようとしたのか、最後に何を言おうとしたのか、ずっと考えていました。やっとわかったような気がします」

「なんでしょうか」

京介も気になっていた。

「やっぱり、川島真人を殺したのは寿美子さんだったんです。川島の宅配の受持ち区域の中に、寿美子さんが訪問介護で訪れる家が入っていたのも不運だったのです」

京介は黙って聞いた。

「あの日も、川島は寿美子さんがいる時間に私の家を訪れ、襲いかかったので、彼女はそばにあった包丁で、川島を刺した。問題はそのあとです。祖母は呆然としている彼女をきっと慈愛の目で見ていたんでしょう。彼女は救いを求めて祖母にしがみついていったんだと思います。祖母は彼女を抱きしめた。そのとき、祖母の手に血がついたのではないでしょうか」

「……………」

「あのとき、彼女は自分がやったと言おうとしたのです。でも、私は祖母が彼女を助けたんだと思い込んでしまった」

「あなたは、どうしてそう思い込んでしまったんでしょう」

「祖母が彼女を気に入っていたからです。祖母なら、彼女を助けると思ったんです。彼女が私の誤解を解こうとしなかったのは、決して自分が助かりたかったわけではないと思います。祖母の介護を続けたかったんです。実際、罪を償うかのように誠心誠意世話をしてくれました。祖母は彼女を気に入ってました。彼女も私以上に祖母が好きだったんです。ふたりとも無意識のうちに、血のつながりを感じ取っていたのかもしれません」

「でも、なぜ、あなたを待っていなかったのか」

「ずっと私をだまし続けていたことに苦しんでいたんです。祖母を犯人に仕立て、あげく私を十三年間も獄中に追いやったという罪の意識に苛まれ、そのことを黙って私と結婚することは出来ない。だから告白しようとしたんじゃないでしょうか」

「なるほど」

彼女も何かに苦しみ、何かに救いを求めようとしていたという内堀の話とも重なる。

そのことより、京介は石出に積極性が出てきたことを喜んだ。このように、自分から進んで事件を振り返ることは、これまでなかった。

やっと、石出も不幸から脱却出来る。そう思った。


数日後、京介は柏田の執務室に行った。

「先生。これをお願いします」

京介は封筒を机の上に置いた。

「なんだね、これは?」

「先生に楯突《たてつ》いて、真犯人の告発という暴挙に出てしまいました。先生のお顔に泥を塗ることになりました」

「だから?」

「もう事務所にはいられないと」

「泥を塗るどころではない。君の一生懸命さというか執念深さに負けたよ。弁護士会のいろいろな先生方から、君のことを褒められた。私も鼻が高いんだ。だから、これは受け取れない」

柏田は押し返した。

「では、今までどおりいてよろしいんですか」

「当たり前だ」

「ありがとうございます」

京介はほっとして自分の部屋に戻った。

すぐ蘭子が追って来た。

「よかったわ。辞めないで済んで」

蘭子が口許に笑みを浮かべる。

「今夜、食事、どう？」

京介が誘う。

「はい」

蘭子は素直に応じてから、

「今度、ゆっくり山中温泉に行って、山中節を聴いてみたいわ」

と、言った。

連れて行ってと言っているのだと思い、京介は胸が弾むのを感じた。

解説

小榑治宣

高齢者の介護は、現在社会保障・福祉の分野における最も大きな課題といえる。戦後の第一次ベビーブーム期に生まれた、いわゆる「団塊の世代」が全員七十五歳以上となる二〇二五年には、介護ニーズがピークを迎えると予測されている。

その一方で、介護の専門職は常に不足しており、有効求人倍率も全産業平均の二倍強がこの分野では常態化しているのだ。ホームヘルパーの月収は、全産業平均に比べて約十万円も低い上に、労働そのものが苛酷である。一年間で新たに三〇万人が介護の仕事につく一方で、二二万人が離職する。この業界に就職した者の七〇%が三年未満で辞めてしまうという。

二〇〇〇年に介護保険が医療、年金、雇用、労災に次ぐ社会保険の五番目の柱として導入されたとはいえ、現場でサービスを提供する人材が不足しているため、家族介護者の負担を軽減することには、なかなかつながってはいかない。その結果、家族の介護のために仕事を辞める「介護離職」が年間約十万人（二〇一二年度で男性一・九九万人、女性八・一二万人）もいるのだ。介護しながら働く人の数は二三九万人にのぼる。介護休業制度はあっても、九十三日間が限度（その間賃金の六七％支給）である上に、取得率がたった三・二％（二〇一二年）にすぎない。長期間の介護には有名無実の制度でしかない。

なぜ、このような介護の厳しい現状にふれたのかといえば、本書『逆転』で冤罪《えんざい》を生んだ背後、否その核に「介護」の問題が潜んでいたからである。

発端は十三年前の事件にまで遡る。上野の食品メーカーの営業職だった石出淳二は、南千住のアパートで祖母と二人暮らしをしていた。祖母の清子は、介護保険の要介護4の状態で、石出の不在中は、昼と夕方の二時間ずつホームヘルパーが来て面倒をみてくれていた。ちなみに介護保険では、要介護の状態は、五段階に分類されており、軽度が要介護1、最重度が5にランク付けられ、それぞれの等級に応じて介護サービスを受けられる金額も異なってくる。提供されたサービスの費用全体の一割ないし二割を受けた本人が負担することになる。いずれにしても、介護保険からの給付だけで、介護費用のすべてが賄えるわけではないので、年金暮らしで収入の少ない高齢者にとっては大変な負担となる。在宅での介護でも、施設に入所する場合でも、事情は同じだ。作者には、認知症の老女殺害をめぐって家族愛とは何かを問い直す『家族』（二〇〇九年）という作品があるが、その中で裁判員に選任された女性が次のように訴える場面がある。

〈「この国は年寄りには、特に病気の年寄りにはとても住みづらい国です。認知症の介護は家族だけでは無理です。でも、施設に入れるにしろお金は高く、入所しようにも空いている施設は少ない。収入の低い家族ほどたいへんです。(中略)もし、国が貧しい家族でも公平に面倒をみてくれる世の中だったら、このような悲惨な事件は起きなかったのではないでしょうか」〉

石出の祖母も、要介護4という認定を受けてはいたが、一日に四時間、ホームヘルプサービスを頼むのが限度であった。そのホームヘルパーとして祖母の介護を担当していたのが、槙野寿美子という当時二十四歳で、〈色白の美しい顔立ち〉の女性だった。その寿美子が仕事を終え、清子の家を出たあと、宅配ドライバーの川島が盗みに入り、部屋を物色しているところへ石出が帰ってきて鉢合せをした。石出は、争っているうちに、台所にあった包丁で川島を殺害してしまい、そのあと、死体を荒川の河川敷に遺棄した——これが十三年前の事件であった。

石出の国選弁護人であった柏田四郎は、石出は無罪であると考えていたが、石出自身が殺人を認めてしまったため、懲役十三年の実刑判決を受けたのだった。動機が薄弱だったことから、誰かをかばっていたのではないかと柏田は推測していた。とすれば、真犯人が他にいるはずである。

その石出が、刑期を終えて出所した、そのわずか三カ月後に、再び警察に逮捕されてしまったのだ。しかも今度は、十三年前にホームヘルパーとして祖母の介護をしてくれていた槙野寿美子を殺害した容疑であった。事件現場は石出淳二の住む、北区東十条にある古いマンション。そこで寿美子は刺殺されており、その傍らに石出が呆然《ぼうぜん》と立っているのを管理人が見つけ、警察に通報したのだった。今回は犯行を完全に否認していた石出だったが、十五分程、石出が部屋を不在にして、戻ってくると寿美子が殺されていたというのだ。出所後三カ月近くであり、犯行現場が十三年前と同じく自宅であるということが、彼を不利な立場に追い込んでいた。

その石出の弁護を、柏田の事務所でイソ弁をしている鶴見京介が担当することになった。三十をすぎても学生っぽい雰囲気を残してはいるが、いくつも難事件を経験してきただけに、シリーズ八作目となる本作では京介にも自信からくる風格が備わってきているようだ。とはいえ、若い女性の前では子供同然の初《うぶ》なままなのだが……。その京介が、絶体絶命の石出の状況を逆転すべくある決意をもって、勝負に出る。だが、その勝負は、京介の弁護士としての生命を左右しかねないほどのものであった。京介の心をそこまで熱くかきたてたのは、彼がまだ中学生だったころ起きた事件が原因だった。同級生の姉で京介が憧れていた女性が轢《ひ》き逃げに遭い死亡したのだ。犯人は見つかっていない。京介にとって忘れ難いこの事件の犯人像と、槙野寿美子殺害の真犯人とが、時空を超えてオーバーラップしてきたのである。奇縁という他はない。

一方、柏田は十三年前の事件の真犯人は、今回殺害された槙野寿美子で、石出はその身代わりとなったのではないかと考えていた。それを裏付けるように石出が刑に服している間、寿美子は特養ホームに入った祖母の清子の面倒を最期までみていた。しかも、寿美子は、清子が亡くなったあと東京を離れ、山中温泉のスナックで働いていた。美貌で独身の彼女に言い寄る男も少なくなかったようだ。石出は、出所直後に寿美子に会うために山中温泉まで行っていた。再会した二人の間でどんな話がされたのか。十三年という月日が寿美子の心を変えてしまっていたのか……。とすれば、それは石出が寿美子を殺害する十分な動機となり得る。

京介は、寿美子が石出に会うために東京までやってきたのは、二人の関係を清算するためではなく、もっと別の理由があったのではないかと考えていた。だが、石出が寿美子からそれを聞く直前に彼女は殺害されてしまったのだ。

京介は、石出にもわからない、寿美子が話したかった「何か」を明らかにすべく、彼女の「十三年間」を探り始めた。すると、認知症の進んだ清子が山中温泉で唄い継がれている民謡の山中節を上手に唄うことがあり、寿美子がその唄に強い関心を寄せていたということが分った。石出は知らなかったが、清子がかつて山中温泉に住んでいたことは、間違いない。寿美子は清子のことを調べるために山中温泉に行き、そのままそこで暮らし始めたのだろうか。

だが、寿美子は清子の何を調べようとしていたのか。それ以前になぜ清子の過去を探る必要があったのか。この謎を解く鍵は、山中節だ。山中節の何が寿美子の心の琴線に触れてきていたのだろうか。京介は、山中温泉で寿美子の足跡をたどっていく。寿美子は、清子が若いころ山中温泉で芸者をしていて、客の一人と恋仲になり、やがて山中を出ていったことまで調べると、あとは山中節の習得に努めたようだ。だが、寿美子がそこまで山中節に夢中になった真の理由を、のちに京介が突き止めたとき、もう一つの「意外な事実」が浮かび上ってくる。そして、そのことが、寿美子が石出と一緒になることを断った「理由」だったのかもしれないと京介は考えたのだが……。

さて、京介は山中温泉で寿美子の男関係についても調べていったのだが、その中に疑惑を感じさせる男が一人いた。京介の心の中でそれはやがて、彼が真犯人に違いないという確信へと変わっていった。弁護士が真犯人を名指しすることは、冤罪《えんざい》を生む温床であって、決してしてはならない邪道である――というのが柏田の持論であり、そのことを京介も十分に承知していた。

承知していながらも、京介には後に引けない理由があった。それこそが、十八年前の、京介の憧れの女性を奪った事件だったのである。それが、今回の事件にどう係わり合ってくるのか、そして京介はどんな闘い方をするのか――そこが本書の読み所の一つでもある。

読み所といえば、山中節と、そこに唄われているこおろぎ橋を中心とした山中温泉の様子がしっとりと描き出されているあたりに、作者ならではの味わいが感じ取れる。ちなみに、富山県城端町《じょうはなまち》（現南砺市《なんと》）の曳山祭《ひきやま》で唄われる庵唄《いおりうた》をモチーフとした『曳かれ者』（一九九七年）を思い起こさせもする。作者のミステリーが独自な色合いをもっているのも、そのあたりが源泉になっているのであろう。

という具合に、本作では、十八年前の轢き逃げ事件、十三年前の身代わり事件、そして今回の槙野寿美子殺害事件——この三つの事件が、鶴見京介の弁護士生命を賭した強行策によって一つに収束したとき、予想外の結末を迎える。その「逆転」劇に色を添えるのが、山中節であり、京介の遅々としながらも進みつつある恋の行方であろう。

滋味豊かな小杉健治流ミステリーの世界をじっくりと腰を据えて愉しんでいただきたい。

（おなぎ・はるのぶ　日本大学教授、文芸評論家）

本書は、集英社文庫のために書き下ろされた作品です。

JASRAC（出）許諾第一七〇三六九〇‐九〇二号

集英社文庫

逆《ぎゃく》　転《てん》

2017年４月25日　第１刷　　定価はカバーに表示してあります。
2020年１月15日　第２刷

著　者　小杉健治《こすぎけんじ》
発行者　徳永　真
発行所　株式会社 集英社
東京都千代田区一ツ橋2-5-10　〒101-8050
電話　【編集部】03-3230-6095
【読者係】03-3230-6080
【販売部】03-3230-6393（書店専用）

印　刷　株式会社 廣済堂
製　本　株式会社 廣済堂

フォーマットデザイン　アリヤマデザインストア　　マークデザイン　居山浩二

ISBN978-4-08-745574-8 C0193